KB102007

도검 新무협 판타지 소설

FANTASTIC ORIENTAL HEROES

패도무혼

패도무혼 4

도검 新무협 판타지 소설

초판 1쇄 찍은 날 § 2014년 1월 17일
초판 1쇄 펴낸 날 § 2014년 1월 24일

지은이 § 도검
펴낸이 § 서경석

편집부장 § 권태완
편집책임 § 박가연

펴낸곳 § 도서출판 청어람
등록번호 § 제1081-1-89호
등록일자 § 1999. 5. 31
어람번호 § 제2-2450호

주소 § 경기도 부천시 원미구 심곡2동 163-2 서경B/D 3F (우) 420-822
전화 § 032-656-4452팩스 § 032-656-4453
http://www.chungeoram.com
E-mail § chungeorambook@daum.net

© 도검, 2013

ISBN 978-89-251-3675-2 04810
ISBN 978-89-251-3578-6 (세트)

刀

4

無

패도무혼

魂

도검 新무협 판타지 소설

FANTASTIC ORIENTAL HEROES

覇刀無魂 패 도 무 혼

目次

1장

도패를 죽이는 것이 끝이 아니잖습니까

벽력도패 화경홍.

안휘성의 장강 이북지역의 패자인 벽력도문(雷霹刀門)의 전대가주로 천하영웅맹을 지탱하고 있는 십주의 일인.

필요하다면 하늘조차 베어버릴 가공할 무력의 소유자.

화경홍은 큰 칼을 움켜쥔 채 바다를 바라보고 있었다.

놈이 튀어나올 기미만 보여도 바다를 갈라 버릴 생각이었다.

자신의 아들을 죽인 이상 놈이 갈 곳은 차갑고 어두운 지옥뿐이었다.

시간이 흘렀다.

놈은 튀어나오지 못하고 있다.

죽은 것이다.

놈은 죽었다. 흑수라는 저 바닷속에서 물고기 밥이 되었다.

그러나 가슴의 분노는 사그라지지 않는다.

자식을 잃은 분노를 어찌 이 정도로 다스릴까.

모조리 죽이겠다.

놈에게 동조했던 흑영대마저 모조리 베어버리겠다.

그것도 모자라면 쥐구멍으로 숨어버린 맹주를 찾아내 목을 잘라 버리겠다.

그것만이 이 폭발할 것 같은 분노를 조금이나마 가라앉힐 수 있을 것이다.

벽력도패 화경홍은 저 만큼 멀어져 가는 선박을 향해 시선을 돌렸다.

배의 난간에 모여 바다를 내려다보는 이들이 보였다.

흑수라가 살아 나오기를 바라겠지.

그것도 나쁘지 않다.

살아 나온 걸 후회할 정도로 참혹한 죽음을 내려줄 테니까.

척!

오른발을 내밀자 땅이 꺼지며 흙먼지가 확 일어났다.

그리고 곧 두 무릎이 살짝 굽혀지는가 싶더니 두 발이 딛고 선 땅이 움푹 주저앉을 정도로 폭발적인 도약력이 그의 신형을 십여 장 높이의 허공으로 날려주었다.

거대한 선박을 두 쪽으로 쪼개 버리겠다는 듯 한껏 치켜든 칼에는 절대에 가까운 살기가 무섭게 소용돌이쳤다.

"일조장!"

"봤어!"

"모두 물러나라!"

탁일도와 섭위문이 번갈아 소리치며 화경홍을 상대할 준비를
했다.

하지만 두 사람의 실력으로는 일합조차 제대로 받아낼 수 있
을지.

"바다에서 막아야 해!"

섭위문이 소리치며 화경홍을 향해 도약할 준비를 했다.

탁일도는 섭위문의 의도를 바로 알아차렸다.

수하들이라도 살리자는 뜻.

문제는 두 사람이 막을 수 있느냐다.

"귀궁노(鬼弓弩)!"

섭위문이 소맷자락을 살짝 들춰 보이며 말했다.

두 사람이 동시에 귀궁노를 발사한 후에 달려들면 한 번쯤은
앞을 막을 수 있을 거라는 뜻.

탁일도는 크게 고개를 끄덕이며 옆에 있던 하여령에게 손을
뻗었다.

하여령이 귀궁노를 풀어주었고, 탁일도는 팔에 장착할 시간
조차 없어 왼손에 쥔 채 자신들이 탄 배의 코앞까지 날아오고
있는 화경홍을 향해 튀어 나갈 준비를 했다.

"지금!"

섭위문이 소리쳤다.

탁일도는 귀궁노를 발사할 준비를 함과 동시에 신형을 솟구
치려고 했다.

바로 그 순간.

촤─ 악!

바닷물이 솟구치며 시커먼 인영이 튀어 올랐다.

깜짝 놀란 섭위문과 탁일도가 신형을 솟구치려던 것을 멈추고 바라보니 화경홍의 칼이 바닷속에서 튀어나온 인영을 향해 벼락같은 일도를 폭발시켰다.

쾅!

고막을 찢어발기는 굉음이 터졌다.

그리고 곧 배가 크게 휘청거릴 정도로 강한 충돌이 일어났다.

섭위문과 탁일도 등이 흠칫 놀라 돌아보니 시커먼 인영이 배의 갑판을 부수고 아래층으로 사라졌다가 곧바로 튀어 올라왔다.

철혼이었다.

"대주!"

탁일도가 반갑게 소리쳤다.

흑영대원들은 환호라도 지를 태세였다.

"밧줄을 준비해!"

철혼이 외치며 갑판을 박차고 바다로 튀어 나갔다.

그의 전방에는 바닷물을 박차고 솟아오른 화경홍의 무지막지한 일도가 벼락같이 들이닥치고 있었다.

쾅!

굉음이 폭발했고, 철혼은 다시 튕겨져 갑판 위로 나뒹굴었다.

"대주님!"

섭위문이 달려와 밧줄을 내밀었다.

철혼은 한쪽 끝을 자신의 허리에 감으며 소리쳤다.

"돛대에 묶어!"

섭위문이 반대쪽 끝을 가지고 돛대로 향하는 것과 동시에 철혼은 다시 바다로 튀어 나갔고, 그 앞에는 어느새 바닷물을 박차고 튀어 오른 화경홍의 분노 가득한 칼이 시퍼런 섬광을 폭발시키고 있었다.

쾌— 앙!

두 사람의 격돌은 패도의 극치를 보여주었다.

눈을 어지럽히기 위한 허초 따위는 찾아볼 수가 없었다.

일격, 일격이 상대를 쪼개 버리기 위한 무지막지한 강격이었다.

세 차례의 격돌이 더 벌어졌다.

그때마다 내팽개치듯이 튕겨난 건 철혼이었다.

화경홍 역시 방파제로 날아갔지만, 상황이 달랐다. 다시 도약할 발판으로 삼기 위함이었다.

화경홍은 바다에 빠지기 직전에 밧줄을 잡아채 배로 돌아가는 철혼을 바라보며 활화산 같은 살기를 폭발시켰다.

"놈! 수하들 앞에서 벌레처럼 꿈틀거리게 만들어주마!"

살기등등한 일갈과 함께 화경홍의 기운이 더욱 강해졌다.

세상에 알려진 화경홍의 무공 수위는 십여 년 전의 것, 그 후 십여 년의 세월 동안 증강된 힘이 지금 본모습을 보이려고 했다.

좌라라라라랏!

놀랍게도 화경홍의 주위에서 무형의 기운이 무서운 속도로 소용돌이쳤다.

회오리 같은 거대한 기의 파동이 사방팔방으로 뻗어가며 곧

이어 벌어질 무시무시한 파괴력을 예고했다.

그러나 배에서 바라보는 철혼의 눈빛은 전혀 흔들리지 않았다.

화경홍의 무위에 놀라기보다는 좀 전에 바닷속에 있을 때 몸 안에서 폭발적으로 팽창하던 기운을 상기했다.

그건 분명 천뢰(天雷)의 신공이었다.

사지백해에 숨어 있어 완벽하게 하나로 융합하지 못한 기운이 분명했다.

그것들을 완벽하게 융합할 수 있다면 백학무군(白鶴武君)이라 불렸던 스승님의 위용을 벽력도패에게 제대로 보여줄 수 있을 터였다.

철혼은 전방에서 뻗어오는 화경홍의 가공할 기운을 온몸으로 받아들였다.

그 가경할 기운에 반발하여 사지백해에 숨어 있는 기운들이 꿈틀거리기 시작했다.

바닷속에서 깨어났던 기운들이라 금방 반응했고, 하단에서 뛰쳐나온 기운과 상합하여 거대한 패력을 일으켰다.

'거기에 하나 더!'

철혼은 대도를 으스러져라 움켜쥐었다.

—지공굉참(至功宏斬)! 굉뢰도는 모든 것을 베어야 한다.

천뢰(天雷)의 신공과 패왕의 굉뢰도.

철혼이 고민하고 고민하던 조합이다.

하나가 된다면 스승님이나 패왕도와는 다른 자신만의 무공을 완성할 수 있을 것이다.

'대자연의 흐름은 결코 멈추는 법이 없다!'

멈추지 않고.

강하고 파괴적인 흐름.

폭발적인 운용.

자신이 생각하는 패왕굉뢰도에 강하고 파괴적인 천뢰의 신공을 폭발적으로 쏟아낸다.

그 조합이 맞아떨어진다면 지금 이 자리에서 십주의 벽 하나를 깨버릴 수 있을 것이다.

'할 수 있다!'

자신감이 전신에 충만했다.

진다는 생각 따위는 하지 않는다. 상대가 강할수록 반드시 쓰러뜨리고야 말겠다는 불굴의 집념이 무섭게 불타오른다.

"모조리 수장시켜 주마!"

천지간을 쩌렁 울리는 화경홍의 광오한 일갈과 동시에 그의 신형이 한줄기 벼락이 되어 공간을 일직선으로 관통했다.

바닷물이 좌우로 갈라져 장관을 연출할 정도였다.

콰아아아아악!

시퍼런 칼의 형상이 섬광처럼 공간을 갈랐다.

거대하고 강렬하게 덮쳐 오는 절대고수의 도강!

천지간의 모든 것을 쪼개 버릴 듯 무시무시한 거력이 느껴졌다.

갑판을 박차고 날아오른 철혼은 벽력도패 화경홍이 심혈을 기울인 도강을 향해 거침없이 대도를 휘둘렀다.

천뢰의 신공이 대도의 칼날을 타고 폭발적으로 쏟아졌다.

"……!"

두 사람의 격돌은 그야말로 찰나 간에 벌어졌고, 태초에 어둠을 가르고 태어난 강렬한 빛살과도 같은 수십 가닥의 뇌전이 천지사방으로 폭사했다.

일부는 까마득한 허공을 갈기갈기 찢어발겼고, 일부는 광대한 바다를 강타했다.

콰아아앙!

뒤늦게 어마어마한 폭음이 천지간을 뒤흔들었다.

유성이 떨어지기라도 한 듯 해일처럼 일어난 거대한 파장이 사방으로 뻗어 흑영대가 탄 배를 한쪽으로 처박아 버릴 기세였다.

다행히 바다를 누비는 선박답게 이리저리 기우뚱거리면서도 용케 버텨냈다.

배의 돛대에 처박힌 철혼은 벌떡 일어나 전방을 노려보았다.

"대주님?"

"대주님 괜찮으십니까?"

대원들이 다급히 물으며 달려오려고 했다.

철혼은 손을 들어 제지하며 멀리 포구를 노려보았다.

그때였다.

슈아아아앙!

한줄기 거대한 파공음이 바다를 가르고 날아왔다.

섭위문과 탁일도를 비롯한 흑영대원들이 깜짝 놀라 돌아보니 벽력도패 화경홍이 날아간 해안에서 한 자루의 장도가 무서운 속도로 날아오고 있었다.

"엎드려!"

철혼이 일갈과 동시에 대도를 그었다.

콰앙!

아찔한 굉음.

배가 뒤집힐 듯 이리저리 기울어지기를 반복했다.

그러나 결코 뒤집어지는 일은 일어나지 않았다.

갑판에 바짝 엎드린 채 충돌에 대비하던 흑영대원들은 철혼을 돌아보았다.

철혼은 대도를 갑판에 박아 세우며 인상을 쓰고 있었다. 내상을 입었는지 입가로 선혈이 보였다.

"대주님!"

"대주!"

"괜찮습니까?"

흑영대원들이 걱정스런 얼굴로 다가왔다.

철혼은 대도를 뽑아 들며 걸음을 옮겼다.

"끝을 볼 수 있겠어."

철혼의 시선은 멀리 포구의 화경홍에게 못 박혀 있었다.

마지막에 장도를 날려 보낸 건 도망가지 말고 자신에게로 오라는 뜻이다.

'도망치지 않는다!'

아직은 모자람을 알겠다. 하지만 상대 못할 정도는 아니었다.

그것이 좀 전의 격돌이 가져다준 결과다.

그가 얼마나 강하든 지지 않는다. 지고 싶지 않다.

이대로 모든 것을 쏟아부으면 둘 중 하나는 존재조차 남기지 않고 사라지겠지만, 그건 자신이 아닌 그가 될 것이다.

왜 이런 자신감이 드는지 모르겠다.

중요한 건 싸울 의지가 있고, 싸울 힘이 있다는 거다.

그런데 앞을 막아서는 이가 있다.

"도패를 죽이는 것이 끝이 아니잖습니까."

"……!"

섭위문의 단호한 말에 철혼은 정신이 번쩍 들었다.

"괜찮을까요?"

궁초아가 안절부절 물었다.

할 수만 있다면 바다 위를 달려가서라도 직접 눈으로 살펴보고 싶어 하는 눈치다.

공손비연은 그런 궁초아의 반응이 의외였다.

흑수라와 흑영대를 동경했고, 며칠 간 무공을 배우면서 많이 가까워졌으리라 여겼지만, 이 정도일 줄은 몰랐다.

"흑영대주가 제아무리 강하다고 해도 십주를 극복하기엔 아직은 역부족이야. 맹주님의 신공을 받았다고는 해도 그걸 온전히 자신의 것으로 만드는 데는 상당한 시간이 필요할 테니까."

"많이 다치지는 않았겠지요?"

"왜 그렇게 정면격돌을 했을까? 결과가 좋았으니 망정이지 자칫 몰살당할 뻔 했어."

"괜찮을 거라는 건가요?"

"안 괜찮았다면 도패가 칼을 날리지 않았겠지."

"예?"

"칼을 날린 건 도망치지 말라는 거야."

"정말이지요?"

"그래. 그러니까, 그렇게 집 나간 낭군 걱정하는 얼굴 표정 좀 하지 마."

"제가 언제……."

"중요한 건 흑영대주가 왜 그렇게 무모했느냐야. 혹시 지는 방법을 알고 있어서일까?"

"지는 방법이요?"

"싸움에서는 졌지만, 자신과 흑영대원들의 목숨은 살렸으니까, 결과를 가져간 건 흑영대주야."

"그런가요?"

궁초아가 고개를 갸웃했다.

말이야 이해를 했지만, 철혼과 도패의 싸움을 그런 시선으로 바라볼 수 있다는 게 신기했다.

"그걸 의도하고 정면격돌한 것이라면 다시 볼 수 있겠지만, 단지 무모할 뿐이었다면 다시 보지 못할 수도 있어."

두 사람의 격전으로 인해 배는 점점 더 바다로 멀어져 갔고, 끝내 화경홍의 손을 벗어나고 말았다.

철혼이 애초 그것을 의도하고 무모하게 달려들 정도로 영악한 것이라면 천하영웅맹과의 험난한 싸움을 어떻게든 견뎌내겠지만, 그렇지 않고 생각 없이 무모하게 달려들었던 것이 좋은 결과를 가져다준 것이라면 오래지 않아 십주 중 누구에게든 화를 당하고 말 것이라는 뜻이다.

"못 본다구요?"

"세상은 만만치가 않아. 말했잖아. 흑영대주가 맹주님의 신공을 얻었어도 십주를 상대하기엔 역부족이라고. 그리고 세상 전체가 그의 적이야. 무모한 성격이라면 어떻게 살아남을 수 있겠어? 그가 영리하다면 시간이 자신의 편일 수도 있다는 걸 알겠지만, 과연 그 정도의 머리가 있을지……."

마지막 말꼬리에는 자신을 홀대하지 말았어야 한다는 뜻이 담겨 있었다.

그러나 철혼과 화경홍의 싸움은 그런 계산을 할 수 없을 정도로 긴박했고, 격전이 시작된 이후로는 숨 돌릴 틈이 없을 정도로 집중했어야 했다.

그리고 철혼은 이번 싸움을 계기로 자신만의 무공을 정립하기 시작했다.

당사자가 아닌 이상 공손비연은 그러한 것을 알 수가 없었고, 자신의 머리로만 추측할 수밖에 없었다.

그것이 전부라는 착각과 함께.

'망할 자식! 반드시 후회하게 될 거야!'

*   *   *

"버틸 수 있겠습니까?"

"풍랑이 커지지만 않는다면 괜찮을 겁니다만, 바다가 워낙 변죽이 심해서 걱정입니다."

섭위문이 물었고, 선장이 대답했다.

두 사람의 시선은 돛대에 고정되어 있었다.

철혼이 부딪치면서 금이 간 상태였다.

밧줄로 잔뜩 감아놓았지만, 얼마나 견딜 수 있을지는 미지수다.

충분한 돈을 주고 배를 띄운 것이지만, 돛대가 부서지기 직전이고, 철혼이 처박혔던 갑판은 완전히 부서졌으니 피해가 이만저만한 것이 아니었다.

철혼의 지시에 따라 보유하고 있던 금전을 내놓았지만, 그것으로 보상이 될지.

"도착하기만 하면 그곳에서 손을 볼 수 있으니 너무 걱정하지 마십시오."

"저희가 도울 수 있는 게 있다면 뭐든 말씀하십시오."

"감사합니다. 그렇게 하겠습니다."

"감사는 저희가 해야지요."

섭위문은 정중히 포권하는 것으로 고마움과 미안함을 표했다.

대원들은 선원들을 도와 부서진 갑판을 정리하고 있었다.

"운이 좋았습니다."

소귀가 다가와 말했다.

섭위문은 고개를 끄덕였다.

선장에게는 미안하지만 두 절대고수의 격전에 이 정도의 피해만 입었다면 정말 운이 좋은 것이다.

'대주가 이쪽에 피해를 주지 않으려고 한 것도 있지만.'

섭위문은 철혼의 상태가 궁금하여 선실 쪽으로 걸음을 옮겼다.

소귀가 따라붙었다.

"근데 말입니다, 대주님이 좀 달라진 것 같지 않습니까?"

"달라져?"

섭위문이 걸음을 멈추고 조금 놀란 얼굴로 쳐다봤다.

소귀가 빠르게 입을 열었다.

"무공 말입니다."

섭위문의 표정이 풀어졌다.

입가에 살짝 미소가 얹어졌다.

"말해봐."

"예?"

"뭐가 어떻게 달라져 보였는지 말해보라고."

"아, 이전보다 훨씬 더 강해진 느낌? 아니, 그게 아니고, 훨씬 포악해진 느낌?"

뭐라 표현이 안 되는 듯 섭위문의 눈치를 보는 소귀.

섭위문은 피식 웃었다.

"잘 봤다. 달라졌더라. 훨씬 더 강해진 모양이다. 그런데 대주의 기운이 정돈되어 있다는 느낌은 들지 않았어?"

"거기까지는 모르겠는데요?"

"그럼 아직 멀었다."

섭위문은 뒷머리를 긁적이는 소귀를 뒤로하고 다시 걸음을 옮겼다.

아직 멀었다고 말했지만, 사실은 그렇지가 않았다.

철혼의 기운이 더 강성해졌다는 걸 알아보았다는 건 소귀의 감각이 그만큼 민감해지고 발달했다는 걸 의미했다.

일반인이 오백 근의 무게와 거기에 열 근의 무게를 더한 것의 차이를 알아차리는 것만큼이나 어려운 일이기 때문이다.

'대주의 기운은 이전에 비해 정돈되었어. 자리를 잡기 시작했다는 거지. 내 생각이 틀리지 않다면 대주는 이미 십주의 무위에 접근하고 있어.'

이는 단지 예측일 뿐이지만, 도패와 싸우고도 약간의 내상을 입은 정도에 불과하니 충분히 근거가 있는 셈이다.

섭위문은 가벼워진 발걸음으로 선실 출입문으로 이어진 아래층으로 내려갔다.

"어때?"

"잠잠해."

선실 입구를 탁일도가 지키고 있었다.

철혼은 선실에서 운기요상 중이었다.

"한 식경 정도 지난 것 같은데, 슬슬 일어날 때가 되지 않았나?"

탁일도가 물었다.

자리만 지키고 있자니 따분했던 모양이다.

"내상 때문이라면 그렇겠지."

"다른 이유가 있다는 건가?"

"그거야 모르지."

"뭐야, 아는 척해놓고 모르겠다니?"

"지금이라도 운기를 끝내고 나온다면 내상 때문일 거고, 시간이 더 걸린다면 다른 이유가 있을 거라는 말이다. 지루했던 모양인데, 여기는 내가 지킬 테니 자넨 나가보게."

"지루한 건 사실이지만, 대주를 지키는 일인데 이 정도도 못할까. 괜찮아."

"자네는 신입 가르치는 일도 있잖아?"

"아, 유검평이 가르쳐야지? 망할, 쉴 틈이 없네."

"쓸 만한 놈이라고 자랑할 때는 언제고?"

"그건 그거고, 귀찮은 건 귀찮은 거지."

"훈련이라면 먹는 거 다음으로 좋아하던 자네가 귀찮다고 하니 의외네?"

"나라고 마냥 좋을까, 요 며칠 재미가 없네."

"음? 혹시 변화가 있으려고 그러는 건 아니고?"

한 단계 성장하기 위한 잠깐의 무기력증 같은 것이 아니냐는 말이다.

그러나 탁일도가 고개를 저었다.

"그건 아니고, 그냥 앞날이 깜깜하다는 생각을 했더니 만사가 귀찮아."

길이 보이지 않으니 움직이기도 싫어졌다는 뜻이다.

그 마음을 어찌 모를까.

하나 희망이라는 건 언제나 있게 마련인 법.

"대주님이 더 올라설 모양이야. 힘을 내도 될 거네."

"정말?"

"십주에 속하는 벽력도패와 정면으로 격돌해 놓고도 약간의 내상이 전부네. 그게 무얼 의미하겠는가?"

"뭐야? 난 또……. 예전부터 대주님을 상대하려면 원로들이 나서야 할 거라고 감찰부 쪽에서 떠들썩한 게 언젠데? 맹주님의 신공을 하사받았으니……."

"원로들과 십주가 같나? 그리고 알려진 십주의 무공은 벌써 십 년 전의 것이네. 그리고 잘은 모르지만 아까 벽력도패의 태도로 봐서는 거의 전력을 다한 것 같았네."

섭위문의 말이 사실이라면 암로 속에 횃불 하나가 던져진 셈이다.

방향만 잘 잡으면 목적지에 도착하지 못할 이유가 없다.

"그게 정말인가?"

"내 능력으로 도패의 무공을 어찌 가늠하겠는가? 하나 대주님이 요 며칠 몸을 혹독하게 굴리더니 뭔가 변화가 시작된 것만은 확실하네."

"오오!"

표정을 활짝 펴며 반색하는 탁일도.

섭위문은 선실의 문을 돌아보며 담담히 말했다.

"희망은 언제나 우리 곁에 있었지 않나. 그러니 염려 말고 대원들 앞에서 무기력한 표정 짓지 말게."

"어, 그러지."

"그만 가보게. 참고로 소귀 놈이 작은 눈을 뜰 모양이니, 이상한 행동을 해도 모른 척하게."

작은 눈을 뜰 거라는 건 약간의 성장이 있을 것 같다는 뜻이다.

"그건 별로 반갑지 않은데, 그렇지 않아도 뺀질거리며 기어

오르려는 놈인데, 쩝!"

"소귀가 성장하면 다른 놈들도 경쟁적으로 성장할 테니까, 절대 방해하지 말게."

"인간아, 말이 그렇다는 거지 설마 내가 방해할까? 그건 그렇고 성장 이야기가 나와서 하는 말이네만, 신입들이 아쉽군. 이제 막 알아들은 눈치였는데⋯⋯."

"조장이 현명하다면 우리가 가르쳐 준 수련이라도 악착같이 하겠지."

"궁초아?"

"그래."

"글쎄, 걔도 물건이긴 한데, 아직은 어린 것 같던데⋯⋯."

탁일도는 아쉬움이 컸다.

신입들의 기본이 잘되어 있어서 열흘 정도의 시간만 있었어도 제대로 훈련시켜 줄 수 있었다. 기존 대원들에게는 미치지 못하지만 충분히 제몫을 할 수 있었을 터인데, 게다가 존경하는 맹주님이 남겨주신 아이들이 아니던가.

"다시 만날 수 있을까?"

"글쎄."

"맹주님과 공손 선생의 안배인데, 이렇게 찢어져도 괜찮은 걸까?"

"두 분의 진짜 안배는 따로 있으니까, 그렇게까지 생각할 필요는 없을 것 같군."

"따로 있다고? 그게 뭔데?"

"늘 우리와 함께 있잖아."

"에?"

탁일도는 눈을 깜박이며 고개를 갸웃했다.

자신들과 늘 함께 있는 두 분의 안배가 뭘까?

암만 생각해 봐도 떠오르는 건 하나뿐이다.

아니, 한 사람뿐이다.

"설마?"

"맹주님과 공손 선생이 믿는 건 대주님이야. 본신 공력을 내주는 건 생명의 반을 내주는 것과 다름없는데, 누가 그렇게 할 수 있겠나?"

하긴…….

생명의 반을 내줄 만큼 믿는다는 뜻이겠지.

"듣고 보니 그러네. 근데 왠지……."

"왠지 들러리가 된 것 같아 실망인가?"

"그래."

탁일도는 맹주님이 가는 길에 목숨을 걸었다.

흑영대와 함께 맹주님이 바라는 이상을 반드시 실현시키고자 각오하였다.

그런 만큼 자부심도 컸다.

"자네는 세상의 영웅이 되고 싶나?"

"그런 게 아니잖아."

"그럼 세상이 자네의 희생과 노고를 알아주었으면 하는가?"

"아니."

"하면 맹주님만이라도 알아주셨으면 하는군?"

"그래. 그런데……."

"맹주님은 목숨의 반을 대주한테 주었고, 대주는 우리와 함께 있네. 뭐가 더 필요한가?"

"……!"

"우릴 인정하지 않으셨다면 대주가 우리와 함께 있겠나? 설마 애들처럼 믿는다는 말을 직접 듣고 싶었던 건 아니겠지?"

"옘병, 조금 실망했다고 애 취급이냐?"

"본분을 망각하지 말자. 우리가 할 일이 있고, 대주가 할 일이 있어. 겉보기엔 달라 보이고 어느 한쪽이 커 보이겠지만, 중요한 건 어느 한쪽이 무너지면 결국 전부가 무너질 수밖에 없다는 거네."

"알았네. 알았어."

"지금까지 자네와 우리 흑영대가 걸어온 길, 충분히 멋진 일이었네."

"멋지긴… 했지."

마지막에 멋쩍게 웃는 탁일도.

그 미소와 함께 잠깐의 실망도 털어버렸다.

"갈 테니까, 대주님이나 잘 지켜."

탁일도는 그 말을 끝으로 휘적휘적 가버렸다.

섭위문은 그 모습을 끝까지 지켜보다 철혼이 있는 선실의 문을 돌아봤다.

'대주도 강해지고 있고, 대원들도 성장하고 있다. 그동안 무공이 늘지 않는다고 투덜거리던 소귀가 아니던가? 이건 마치 절실할 때 필요한 만큼 강해지고 있는 느낌이다. 어쩌면 천운이 함께하고 있는 걸지도 모르겠어.'

섭위문은 암울하게 여겨지던 상황이 조금씩 달라지고 있다고 생각했다. 그리고 그건 철혼의 변화에서 비롯되고 있었다.

이때 철혼은 벽력도패 화경홍과의 격전 중에 처음으로 시도해 본 천뢰신공과 패왕도의 조합에 대해 깊이 빠져 있었다.

'천뢰와 패왕도, 완벽한 하나가 된다면 십주를 능가할 수 있어!'

화경홍과의 격전에서 확신을 얻은 철혼은 두 패도적인 무공을 하나로 조합하기 위해 심사숙고와 심상연공을 거듭하느라 시간 가는 줄을 몰랐다.

*　　　*　　　*

배는 어스름해지기 전에 주산군도(舟山群島)의 해역에 진입하였다.

섬과 섬 사이를 흘러가는 모습이 잘 닦여진 길을 달리는 마차처럼 익숙했다.

크고 작은 섬 사이를 이리저리 꺾었다. 어떤 때는 섬의 반바퀴를 돌기도 했고, 어떤 때는 먼 바다로 나가듯 외곽으로 방향을 틀기도 했다.

"몇 번 와보는 걸로는 길을 욀 수가 없겠군."

"방향만 같다고 다 길이 아닙지요. 바다에는 바다만의 물길이 있습니다. 조금만 틀어져도 암초에 걸려 오도 가도 못하는 신세가 될 수도 있습니다."

탁일도가 질렸다는 듯 중얼거리자 선장이 살짝 웃으며 말했다.

탁일도는 그런 선장을 대단하다는 듯 바라보았다.

"배를 탄 지 얼마나 되셨습니까?"

"사십 년이 넘었습니다."

"대단하십니다."

진심이다.

사십 년 동안 한 길을 일로매진한다는 건 정말 쉬운 일이 아니다. 나름 그 방면으로 일가를 이루었을 터, 존중받아 마땅하다.

두 개의 섬 사이를 지나 우측 섬을 끼고 도니 활모양으로 굽은 항만이 나타났다. 거기에 비슷한 크기의 십여 척이 정박되어 있었다.

항만이 먼 바다 쪽으로 열려 있어 이곳에 와보기 전에는 전혀 보이지 않을 위치였다.

"다 왔습니다."

선장이 땀을 훔치며 말했다.

"수고하셨습니다."

탁일도는 정중히 말하며 정박 중인 배와 선착장을 살펴보았다.

이제 주산군도의 주인이라는 사해방을 만날 시간이었다.

그러나 선착장에는 몇몇 숫자가 한가로이 보일 뿐이었다. 삼사천에 달한다는 바다의 해적이 보이지가 않았다.

"여기서 멈춰야 합니다."

선장은 항만으로 완전히 들어가자마자 배를 멈추게 하더니 닻을 내렸다.

그리고는 아무것도 하지 않고 기다렸다.

탁일도와 섭위문은 의아했지만 아는 게 없어 흑영대원들에게 경거망동하지 말라는 수신호를 보낸 후 가만히 기다렸다.

그렇게 반각쯤 지나자 선착장 쪽에서 작은 유엽선 한척이 나타났다. 다섯 명 정도가 타고 있었다. 섭위문과 탁일도를 비롯한 흑영대는 유엽선을 주시했다.

유엽선이 십여 장쯤 가까워졌을 때였다.

"그렇게 넋 놓고 있다간 뒤통수를 맞아도 모르겠군."

뒤쪽에서 철혼의 목소리가 갑자기 들려왔다.

"괜찮습니까?"

섭위문이 물었다.

철혼은 한 차례 고개를 끄덕이더니 뜻밖의 말을 꺼냈다.

"우린 포위됐어."

"예?"

섭위문이 이해할 수 없다는 표정을 지을 때였다.

오 장 가까이 다가온 유엽선의 좌우로 사람의 머리통이 바다 위로 둥실 떠올랐다.

바닷속에 있어서 기척을 감지하지 못한 것이다.

문제는 숫자였다.

흑영대가 탄 배를 빙 둘러 에워싸고 있으니 바다 위로 머리만 내밀고 있는 숫자가 기백은 되어 보였다.

'저들이 동시에 달려든다면?'

배는 침몰할 것이고, 자맥질과 수공(水功)에 능숙하지 못한 이들은 무공의 고하와 관계없이 물고기 밥이 되고 말 터.

섭위문은 수적이라고 쉽게 봤던 사해방에 대해 경각심을 가지게 되었다.

그러는 사이 유엽선이 다가왔고, 깡마른 체형의 중년인이 흑영대가 타고 있는 배 위로 올라왔다.

"장 선장, 오랜만이야."

"근 한 달 만에 뵙는 것 같습니다."

선장이 깍듯이 허리를 숙이는 것으로 보아 중년인의 신분이 사해방에서 가볍지 않은 모양이었다.

중년인은 검게 탄 얼굴을 돌려 흑영대를 훑어보더니 시선을 철혼에게 고정시켰다.

"흑영대주인가?"

위에서 내려다보는 말투에 섭위문과 탁일도가 발끈하려고 하자 철혼이 손을 들어 제지한 후 중년인을 물끄러미 응시했다. 분노의 기색은커녕 그 어떤 감정도 보이지 않는 눈길이었다.

"흑영대주입니다. 사해방에서 어떤 신분입니까?"

"향주를 맡고 있네."

사해방의 조직 구조는 간단했다.

방주가 있고, 다섯 명의 당주가 있다. 당주의 아래에는 각기 세 명의 향주가 있다.

그런 사해방의 조직체계에 대해 들어서 알고 있던 철혼은 이맛살을 찌푸릴 수밖에 없었다.

섭위문과 탁일도는 폭발하기 직전이었다.

향주를 보냈다는 건 흑영대를 철저하게 무시하는 처사이기 때문이다.

그러나 중년인은 흑영대원들의 반응이 재밌다는 표정을 지은 채 철혼을 지그시 바라볼 뿐이었다.

"방주의 뜻이 이런 건가?"

"방주님의 깊은 뜻을 내가 어찌 알겠는가? 가보라니 왔을 뿐이네."

섭위문의 물음에 중년인이 태연히 말했고, 결국 참지 못한 탁일도가 발끈하여 소리쳤다.

"지금 그걸 말이라고 하는 거냐? 차라리 돌아가라고 하든가. 이건 문전박대하는 것도 아니고 대체 뭐 하자는 수작이냐?"

"그럼 돌아가든가."

"뭐?"

"그렇잖나. 본 방의 대우가 마음에 들지 않다면 그냥 돌아가면 될 일이지. 그렇게 화를 내는 이유를 모르겠군."

"이, 이것들이……!"

"방주를 뵙게 해주시오."

철혼이 다시 나섰다. 그냥 두었다가는 탁일도의 화가 폭발하고 말 것 같았다.

"본 방의 그늘에 숨고 싶다면 대주만 오라는 명이네."

중년인의 말에 철혼의 미간이 다시 꿈틀거렸다.

'도가 지나치군.'

천하영웅맹이 장강구룡방과 손을 잡으면서 천하영웅맹과

척을 지고 있는 사해방이니 혹영대가 어떤 무리인지 잘 알고 있을 터.

물론 철혼이 특별한 대우를 받고 싶은 건 아니나 이토록 자존심을 뭉개려 드는 걸 용납할 수는 없는 일이다.

"그렇게 합시다."

어떤 의도로 자존심을 건드리는 것인지 만나볼 생각이다. 사해방주를 만나서 따질 건 따지고, 화를 낼 일이라면 화를 내겠다.

철혼은 섭위문과 탁일도를 돌아보았다.

"이 시간 이후로 나 이외에 누구든 배에 오르는 이가 있다면 모조리 죽여 버려라!"

"존명!"

탁일도와 섭위문이 제 가슴을 치며 명을 받들었다.

그 절도 있는 모습에 중년인의 눈빛이 잠시간 이채로 반짝였다.

"갑시다."

철혼은 성큼 걷더니 난간 너머로 신형을 날려 유엽선 위로 내려섰다.

투― 웅!

유엽선이 수백 근의 무게가 실려 바닷물 속으로 잠길 듯 가라앉았다가 이내 솟구쳤다.

상당한 내기를 뿜어낸 모양인데, 저 정도의 힘이라면 유엽선이 동강 나기에 충분하고도 넘쳤다. 그럼에도 유엽선은 멀쩡했다.

'과연 흑수라는 건가?'

중년인은 굳은 얼굴로 신형을 날려 유엽선 위로 내려섰다.

"돌아가자."

유엽선은 천천히 멀어져 갔다.

2장

나에 대해 잘 모르고 있군요

철혼의 두 발이 땅에 내려서자 어디선가 호각 소리가 길게 울렸다.

"우린 자네들이 물러갈 거라 여겼네."

옆에서 중년인이 말했다.

위로 보고가 가고 있다는 뜻이다.

과연 그럴까?

단지 그런 것일 뿐이라면 저토록 바글거리지는 않겠지. 족히 오백은 되어 보이는 숫자다. 눈에는 보이지 않지만, 그 숫자만큼의 기운이 느껴진다.

게다가 그들 사이로 흐르는 공기가 심상치 않다. 태풍 전의 고요처럼 잔뜩 웅크리고 있다.

명령만 떨어지면 일제히 달려들 기세다. 사전에 뭔가 지시가 있지 않고서야 저리 준비를 하고 있을 순 없다.

"나에 대해 잘 모르고 있군요."

"그렇게 생각되는가?"

더 이상의 대화는 무의미하다.

아니라고 여긴다면 보여주면 그만이니까.

한참을 걷다 보니 집채만 한 바위를 넘어가는 돌계단이 나타났다.

돌계단을 하나하나 밟아 바위 위로 올라서니 밧줄과 나무발판으로 만들어진 구름다리가 기다리고 있었다.

건너편까지의 거리가 십여 장쯤 되었고, 칠 장 정도 아래로는 바닷물이 보였다.

"유사시에 이 다리를 끊어버리면 적들의 접근을 막을 수가 있다네. 먼저 가시게."

손님을 먼저 건너게 하는 경우는 드물다.

하나 철혼은 개의치 않고 앞서 걸었다.

출렁거리는 다리가 위태롭게 느껴졌지만, 철혼 정도 되는 고수에게는 별지장을 주지 못한다.

계속 걷고 있자니 중년인의 보폭이 줄어드는 게 느껴졌다. 무슨 수작을 벌이려는 것인가?

모른 척 계속 걸었다.

다섯 걸음을 더 걸으니 중년인이 다시 따라붙었다.

이 정도로 돌아볼 줄 알았나?

웃기지도 않는다.

구름다리를 건너 작은 구릉을 넘으니 목조건물로 이루어진 상당한 규모의 전각군이 보였다.

그 앞에는 일종의 앞마당이랄 수 있는 넓은 공터가 있었고, 거기에 오백여 숫자가 도열하고 있었다.

단순히 해적이라고 하기엔 복장과 무기를 잘 갖추고 있다. 과연 사해방이라고 할 만했다.

'사해방은 우리와 손잡는 걸 원하지 않고 있군.'

오백여 숫자가 팽팽하게 당겨진 활처럼 잔뜩 긴장하고 있다. 그리고 주산군도에는 해적들의 가족도 있다고 들었는데, 주위에 아이는커녕 무공을 익히지 않은 사람이 단 한 사람도 보이지 않는다.

그게 무엇을 의미할까?

싸움이 임박했다는 뜻이 아니겠는가?

누구와의 싸움일까?

"가세. 방주님께서 기다리고 계시네."

중년인이 앞서 움직였다.

중앙의 커다란 건물을 향해서였다.

통나무로 지어진 건물인데, 지붕은 통나무를 반으로 쪼개 발처럼 엮어 얹어놓았다. 기둥으로 삼은 통나무들이 하나같이 아름드리인지라 무척 단단하게 보였다.

중년인을 따라 안으로 들어가니 밖에서 보던 것보다 훨씬 넓었다.

백여 명이 모여 음주가무를 즐길 수 있을 정도였다.

실제 그렇게 하고 있는지 음식 냄새와 술 냄새가 여기저기에 배여 있다.

"거기에 앉게."

대청으로 여겨지는 한가운데에 작은 의자 하나만이 덩그렇게 놓여 있었다.

여기까지 온 거 무슨 수작인지 끝까지 보고 싶어 의자에 앉아 다음은 뭐냐는 눈빛을 보냈다.

"그거 아는가? 세상은 눈에 보이는 게 전부가 아니라는 걸."

"눈으로 보고도 제대로 알지 못하거늘 보이지 않는 걸 어찌 알겠습니까?"

"자네에 대해 잘 모르고 있다고 했었지?"

"그랬습니다."

"자네 역시 우리에 대해 잘 모르고 있다네."

"내가 무얼 모르고 있습니까?"

"그건 방주님께 직접 물어보게."

"방주는 어디에 있습니까?"

"자네 발밑에 있다네."

말과 동시에 중년인이 무언가를 만지자 의자 아래가 풀썩 꺼졌다.

의자와 함께 곤두박질쳤다.

풍— 덩!

차가운 바닷물이 온몸을 덥석 삼켜 버렸다.

본능적인 경계심이 사방을 훑었다.

'온다!'

사방에서 몰려드는 날카로운 기운들.

한데 빠르다. 이건 지상에서 절정고수가 달려드는 것만큼이나 기쾌한 움직임이다.

수공을 절정의 경지까지 익힌 자들이 분명했다.

그것도 열이 넘는 숫자다.

철곤과 칼을 뽑을 여유조차 없다. 떨어지기가 무섭게 달려드는 적들, 숨 돌릴 틈조차 주지 않는다.

게다가 지상이 아닌 바닷물 속이다.

자신의 무공을 뜻대로 펼칠 수 있는 완성경의 고수라도 무공을 펼치는 데 제한적일 수밖에 없다.

철저히 계획된 급습.

막을 방법은 하나뿐이다.

천뢰장으로 막고, 아래로 움직인다.

발이 땅에 닿는 순간 지금의 상황을 후회하게 만들어주마!

양손을 뻗고 천뢰의 신공을 단숨에 쏟아냈다.

콰아아아아!

천뢰의 기운이 사방을 휩쓸었다. 그리고 모든 움직임이 사라졌다.

달려들던 적들의 움직임이 일거에 사라진 것이다.

아래로 움직일 필요조차 없어졌다.

"……!"

철혼을 안내해 왔던 조심환은 한쪽에 쪼그리고 앉아 아래를 내려다보고 있었다.

그런데 시퍼런 뇌기가 일순간에 폭발하더니, 한 사람이 바닷물을 가르고 솟구치는 게 아닌가.

깜짝 놀란 조심환은 자신도 모르게 엉덩방아를 찧으며 뒤로
물러났다.

"자, 자네……!"

얼마나 놀랐는지 조심환은 귀신을 보는 듯한 얼굴로 말까지
더듬거렸다.

"다음은 뭘까?"

철혼이 물었고, 조심환은 화들짝 정신을 차리며 아래를 내려
다봤다.

열두 개의 시체가 둥실 떠올라 있었다.

"맙소사!"

"방주는 어디에 있소?"

"방주님은… 죽었습니다."

열두 개의 시체는 방주와 다섯 명의 당주, 그리고 나머지는
향주들이었다.

다시 말해 사해방의 수뇌부가 모두 참여하여 흑수라를 잡으
려고 했지만, 되레 한 방에 훅 가고 말았다.

조심환은 그 사실이 믿기지가 않았다.

"그럼, 이제 당신과 이야기를 하면 되겠군."

철혼이 다가왔다.

조심환은 자신도 모르게 뒷걸음치고 있었다.

너무 놀란 나머지 무슨 말을 해야 할지, 도망쳐야하는 건 아
닌지 기타등등 아무런 생각도 하지 못했다.

너무나 비현실적인 상황이라 꿈일지도 모르겠다는 생각만 떠
올랐다.

"날 공격한 이유가 뭐요?"

철혼의 차가운 목소리가 조심환의 귓전을 두들겼다.

머릿속의 혼란을 부수고 현실로 끄집어냈다.

화들짝 정신을 차린 조심환은 방패막이가 되어줄 사람을 빠르게 찾아냈다.

"다, 다른 분이 계십니다."

*   *   *

철혼은 자신과 나이가 비슷해 보이는 청년과 마주하고 있었다.

조심환이 대화를 나눌 상대로 눈앞의 청년에게 데려다준 것이다.

"전대 방주님의 아들입니다."

조심환의 말에 철혼은 고개를 끄덕였다.

눈앞의 청년이 비참한 몰골로 하옥되어 있는 이유도 짐작이 갔다.

"이제 이 친구가 사해방의 주인인가?"

"그거야 흑수라께서 어떤 결정을 내리느냐에 따라……."

수뇌부가 모조리 죽어버렸고, 남은 이라고는 조심환 본인을 포함하여 세 명의 향주가 전부였다.

흑수라를 상대할 고수가 없으니 죽음을 각오한다면 모를까, 그렇지 않다면 흑수라의 처분을 기다리는 수밖에 없다.

'방주님을 비롯해서 방의 고수들을 일격에 죽여 버린 괴물이다. 바닷속에서도 통하지 않는 괴물을 무슨 수로 상대해? 망할, 방주! 그러게 내가 뭐라고 그랬소? 흑수라에 관한 소문은 와전된 게 아니니까 벽력도문이 당도할 때까지 기다리자고 했잖소. 멍청한!

조심환이 속으로 죽어버린 방주를 욕할 때였다.

"내가 이곳에 온 이유를 잘 설명해 주시오. 대화는 반 시진 후에 할 테니, 그동안 몸을 추스르도록 도와주시오."

그 말을 남기고 철혼은 뇌옥 밖으로 나가 버렸다.

뇌옥 입구에 도착한 철혼은 한 명의 여인과 마주쳤다.

바다의 여인답게 피부색이 갈색이었고, 이목구비가 시원시원했다.

그녀는 철혼을 발견하고는 흠칫하더니 이내 뇌옥을 향해 달려갔다.

"맨발의 여인이라… 그 친구와 관련이 있나보군."

철혼은 뒤를 한 번 돌아보고는 가던 걸음을 옮겼다.

뇌옥을 나온 지 일다경쯤 지나자 흑영대가 도착했다.

"대주님!"

"괜찮습니까?"

"난 괜찮으니까, 부산떨지 말고 한쪽에서 쉬고 있어."

철혼의 일신에 아무 일도 없다는 걸 확인한 탁일도는 대원들을 한쪽으로 이끌어 갔고, 섭위문은 사해방의 전경을 둘러보며 입을 열었다.

"방주는 만나보셨습니까?"

"내가 죽였어."

"예?"

철혼은 이곳에서 있었던 일을 간략하게 설명하였다.

섭위문의 표정이 시시각각 변하더니 마지막에는 평소의 무심함으로 돌아왔다.

"벽력도문일까요? 아니면 천하영웅맹?"

사해방이 둘 중 어느 한쪽과 손을 잡은 게 확실했다. 그게 아니라면 철혼을 공격할 이유가 없다.

"어느 쪽이든 상관없잖아?"

어차피 싸워야 할 적이긴 둘 다 마찬가지다. 그리고 적이면 죽이면 그만이다.

게다가 지금 철혼의 관심은 다른 것에 있었다.

사해방주 등을 일격에 날려 버린 상황.

철혼은 그 상황에 대해 다각도로 분석하다 한 가지 결론에 도달하고 있었다.

'뇌기야. 하늘에서 떨어진 뇌기에 맞은 것처럼 감전된 게 분명해.'

자세한 건 시험해 봐야 알 수 있겠지만, 천뢰의 신공이 물속에서는 파괴의 권역이 지상에서 보다 훨씬 광범위하게 펼쳐지는 게 분명했다.

"잠깐 날 좀 도와주었으면 해."

"말씀하십시오."

"따라와 봐."

철혼은 당장 알아보고 싶었다.

하여 섭위문을 데리고 사해방도들이 몰려 있는 곳으로 다가
갔다.

"이곳에 냇가가 있나?"

큰 섬이라 멀리 높은 산도 있고, 벌판도 있었다.

하니 냇가라고 없을까.

"저, 저쪽으로 쭉 가시면……."

"고맙군."

철혼은 사해방도가 알려준 방향으로 곧장 걸었다.

궁금증 가득한 얼굴로 섭위문이 뒤를 따랐다.

백여 장쯤 떨어진 곳에 냇가가 있었다.

제법 맑은 물이 흐르고 있었는데, 작은 물고기들이 분주히 헤
엄치고 있었다.

"들어와."

냇물 속으로 걸어 들어간 철혼이 섭위문을 불렀다.

그때였다.

"고기라도 잡으려는 겁니까?"

탁일도가 달려와 철혼이 대답하기도 전에 냇물 속으로 첨벙
뛰어들었다.

철혼은 피식 웃었다.

"뭘 좀 시험해 보려고 그러는 거니 여기 서 있어봐."

"그러죠, 뭐."

탁일도가 흥이 난 얼굴로 콧노래를 부르며 물고기들을 찾아
여기저기를 두리번거렸다.

그때 오 장쯤 걸어간 철혼이 오른손을 물속으로 집어넣었다.

'우선 일 할의 공력으로 펼쳐 볼까?'

물속에 잠긴 손에서 시퍼런 뇌기가 일어났다.

그러나 별다른 일이 일어나지 않았다.

'좋아. 사해방주를 상대할 때는 급해서 전력을 쏟았으니까, 오 할의 공력이 적당할 것 같군.'

철혼이 그렇게 마음의 결정을 내린 순간 탁일도가 고개를 갸웃하며 철혼을 돌아봤다.

물속에 잠긴 두 다리가 짜릿했던 것이다.

'뭐지?'

왠지 모를 불길함을 느끼며 철혼을 돌아본 순간이었다.

물속으로 집어넣은 철혼의 손에서 시퍼런 광채가 폭발적으로 뿜어진 것을 두 눈으로 목격한 순간.

"으헥!"

비명과 함께 탁일도의 온몸이 짜릿하게 굳더니 뒤로 넘어갔다.

"탁 조장!"

섭위문이 대경하여 뛰어들었고, 철혼 역시 깜짝 놀라 달려왔다.

순간.

"크압!"

물속으로 처박힌 탁일도가 괴성을 지르며 벌떡 일어나 흉흉한 안광을 쏟아내며 소리쳤다.

"어떤 놈이냐!"

사방을 두리번거리며 적을 찾는 탁일도.

"나야."

코앞에서 철혼이 말했다.

탁일도의 시선이 철혼에게 향했다. 그리고 곧 좀 전의 상황이 떠올랐다.

"뭡니까?"

"확인할 게 있어서… 미안하군."

"나 죽이려고 그런 거 아니지요?"

"그럴 리가 없잖아?"

화도 못 내고 어깨만 들썩이는 탁일도와 그런 탁일도에게 미안한 철혼.

섭위문은 그런 두 사람을 보며 좀 전의 상황을 분석했다.

'스무 걸음 정도 떨어진 탁 조장이 나가떨어졌고, 대주가 물속에 손을 집어넣은 건 천뢰의 기운으로……!'

섭위문은 흠칫 철혼을 쳐다봤다.

"물속에서는 원거리까지 미치는군요?"

"그래. 어디까지인지는 아직 확실치가 않아. 그래서 말인데 이번에는 일조장이 도와주었으면……."

철혼이 말하는 중에 섭위문이 신형을 날려 물 밖으로 나갔다.

"그런 건 튼튼한 탁 조장과 하십시오."

섭위문의 말과 동시에 탁일도가 신형을 날리려고 했다.

하나 어느새 철혼의 손이 그의 옷자락을 굳게 움켜쥐고 있었다.

"이번엔 신중하게 할게."

탁일도는 두 번 쓰러졌다.

섭위문 역시 한 번 쓰러졌다.

두 사람의 희생 덕분에 철혼은 천뢰의 신공이 물속에서 미치는 범위를 어느 정도 파악할 수 있게 되었다.

'좋아. 벽력도패를 잡을 수 있겠어!'

철혼은 내일쯤 당도할 것으로 여겨지는 벽력도패 화경홍을 떠올리며 회심의 미소를 지었다.

*   *   *

마태룡은 잔뜩 인상을 썼다.

죽을 날만 기다리던 자신에게 회생의 기회가 생겼다는 기쁨보다 그런 기회를 준 이유를 경계해야 했다.

"대체 무슨 뜻이지?"

"무슨 뜻이라니요?"

"날 빼낸 이유가 뭐냔 말이다."

"그거야 말씀드렸잖습니까. 전임 방주님을 비롯하여 모조리 죽어버렸으니, 그 자리에 오르실 분은 마 공자님뿐입니다. 하니 이제부터 방주님으로 모시겠습니다."

진심이라는 투로 말하는 조심환.

그러나 마태룡은 곧이곧대로 받아들이지 않았다.

사해방에서 가장 얍삽한 자이기 때문이다.

방주이셨던 부친이 죽자마자 부방주에게 가장 먼저 달라붙어 자신을 감옥으로 내동댕이친 작자였다.

그런 자의 말을 어찌 믿을까.

"당신이 맡으면 되잖아."

"능력 밖입니다."

"웃기는군."

"웃기지 않습니다. 사실을 말씀드릴 뿐."

"날 허수아비로 내세울 모양이지?"

"그럴 리가요. 제가 탐탁지 않다면 섬 밖으로 내쫓으시면 됩니다."

"그럼 당장 꺼져 버려."

"알겠습니다. 방주님께서 그리 명하신다면 금일부로 섬을 나가겠습니다. 하나 평생을 몸담은 사해방을 위해 마지막 간언을 드리겠습니다. 흑수라의 손을 잡지 마십시오. 전임 방주가 시도하던 벽력도문과의 접촉도 끊으십시오. 사해방은 해적일 뿐, 천하를 넘볼 역량이 절대적으로 부족하다는 점을 항상 유념하시기 바랍니다. 들어오는 파도를 막지 마시고, 나가는 파도를 쫓지 마십시오. 그리하신다면 주산군도는 언제나 사해방의 땅입니다."

조심환은 장황하게 떠들더니 품에서 작은 목함을 꺼내 마태룡의 눈앞에 꺼내놓았다.

"녹마산(綠魔散)의 해약입니다."

그 말을 끝으로 조심환은 허리를 조아리고는 밖으로 나갔다.

마태룡은 그가 시야에서 사라질 때까지 인상만 썼다.

'그따위 감언이설에 속지 않는다.'

뭔가 술수를 꾀하고 있음이 분명했다.

당하지 않으려면 방주 자리를 돌려준다는 말에 현혹되어서는 안 된다.

그러나 녹마산의 해약이 들어 있다는 목갑으로 눈이 가는 건 어쩔 수가 없었다.

녹마산.

내공을 흐트러뜨리고 생명을 갉아먹는 산공독. 중독과 동시에 절명시키는 극독은 아니지만, 오랜 시간을 두고 육신은 물론이고 정신까지 무너뜨리는 잔혹한 독이다.

'진짜 해약일까?'

마태룡이 결국 손을 뻗을 때였다.

돌연 문이 열리더니 한 여인이 불쑥 들어왔다.

"룡아! 조 향주를 내쫓았다는 게 사실이냐?"

철혼이 뇌옥의 입구에서 마주쳤던 갈색 피부의 여인이었다.

마태룡의 누나인 마여란이다.

그녀의 얼굴에는 의혹이 가득했다.

"누나, 난 그를 믿을 수가 없어."

"믿어야 해."

"믿어? 그 작자를 믿으라고? 벌써 잊은 거야? 아버지가 암살당하자 가장 먼저 부방주한테 달라붙은 인간이야. 그런데도 믿으라고?"

"그래서 우리가 살아남은 거야."

"뭐?"

"조 향주가 나서지 않았다면 우린 부방주 세력과 싸웠을 테고, 결국 우리를 따르는 이들과 함께 모조리 죽었을 거야."

"죽더라도 그렇게 했어야 했어. 그 인간만 아니었다면……."

"사해방은?"

"사해방이 뭐?"

"아버님의 암살은 부방주의 짓이 아니야. 원흉은 따로 있어. 그때 조 향주가 녹마산을 이용해서 우릴 제압하지 않았다면 결국 싸움이 벌어졌을 테고 본 방의 세력이 크게 줄어들었을 거야. 그리되었다면 지금쯤 아버님을 암살한 원흉이 본 방을 차지했을 거고."

"그건 모르는 일이야."

"그래, 그건 모르는 일이야. 나의 지나친 비약일 수도 있고. 하지만 한 가지는 확실히 알고 있어야 해."

"……?"

"조 향주는 네가 방주로 있는 한 가장 믿을 수 있는 사람이야."

"믿을 수 없어."

"그가 그랬어. 자기는 방주에게 충성하지 않는다고."

"그래, 그는 그런 자야. 얍삽하고 능구렁이 같은 자라 상황에 따라 간에 붙었다 쓸개에 붙었다 할 자야."

"그래서 믿을 수 있어. 그가 그러는 건 사해방을 위해서니까. 그는 사해방에 충성을 바치고 있어."

"그가 그래? 자신은 사해방에 충성한다고?"

"그래."

"봐. 누나는 그 작자의 세 치 혓바닥에 놀아나고 있는 거잖아."

"그게 아니야."

"아니긴 뭐가 아니야? 제발 믿을 사람을 믿어."

"그가 그런 말을 할 때 아버님도 계셨어."

"뭐?"

"아버님 앞에서 그렇게 말했었어. 자신은 사해방에 충성하는 거지 방주 자리에 충성하는 게 아니라고."

마태룡의 눈이 흔들렸다.

마여란은 그런 마태룡을 안쓰럽게 바라보며 다시 입을 열었다.

"부방주가 우릴 죽이지 못하도록 설득한 것도 조 향주야. 그리고 조 향주가 그렇게 한 건 우리가 사해방 사람이어서야. 그는 사해방과 사해방 사람들을 진심으로 아끼고 있어. 어쩌면 사해방은 그에게 집이고, 가족일지도 몰라."

"믿을 수 없어."

"믿어야 해. 아버님께서도 인정하신 분이야."

"아버님이?"

"방주 자리를 지키려면 충견을 가까이 두고, 사해방을 지키려면 조 향주 같은 사람들을 두어야 한다고 말씀하셨어."

마태룡의 얼굴이 혼란으로 물들었다.

그간 얼마나 원망하고 이를 갈았던가. 그런 자를 하루아침에 달리 생각해야 한다니.

"들어오세요."

마여란이 밖을 향해 외쳤다.

문이 열렸고, 조심환이 들어왔다.

입가에 특유의 간사해 보이는 미소를 짓고 있었다.

그로부터 한 식경 후.

마태룡은 철혼을 불렀다.

철혼이 섭위문과 지장명을 대동하고 나타나자 자리에서 일어난 마태룡은 먼저 감사의 말부터 꺼냈다.

"감사합니다. 귀하 덕분에 본 방의 배덕자들이 제거되었고, 모든 게 제자리로 돌아왔습니다."

"도움이 되었다니 다행입니다."

"배덕자들의 짓이지만, 귀공을 암습한 것을 사과드리는 바입니다."

철혼을 바라보는 마태룡의 얼굴에는 호의가 가득했다.

그가 뇌옥에 갇히기 전에도 흑수라와 흑영대의 명성은 자자한 편이었고, 젊은 층에서는 흑수라를 동경하는 이가 부지기수였다.

마태룡 역시 그런 쪽이었다.

섬을 떠나 흑수라와 의를 나누고 천하를 호령하는 상상을 하곤 했다.

"작은 일에 연연하는 성격이 아니니 개의치 마십시오, 그것보다 본 대가 귀방을 찾아온 이유는……."

"외람되나 감히 한 말씀 드리자면 한낱 해적 따위가 천하의 일에 끼어든다는 건 미꾸라지가 분수도 모르고 대해로 뛰어든 꼴이라 할 수 있습니다. 하니 귀대가 천하에 큰 뜻을 펼친다면 마땅히 박수를 치겠지만, 그로 인해 본 방이 섬을 떠나는 일은 결코 일어나지 않을 것입니다. 그렇다고 귀대를 문전박대하지는 않을 것이니 머물고 싶은 만큼 쉬었다 가십시오."

조심환이 끼어들었다.

그의 장황한 말이 끝나자 철혼은 마태룡을 돌아봤다.

미안함 가득한 표정을 짓고 있지만, 아니라고 말하지 않는 것으로 보아 그렇게 하기로 결정한 모양이었다.

"알겠습니다. 사해방의 뜻을 존중합니다."

철혼은 자리에서 일어났다.

이야기가 매듭지어졌고, 마태룡은 더 휴식을 취해야 할 몸 상태라는 걸 알고 있으니 더 머물 이유가 없었다.

섭위문과 지장명 역시 자리에서 일어났다.

"배가 수리를 마치는 대로 섬을 떠나도록 하겠습니다. 그럼."

철혼은 가볍게 공수한 후 돌아섰다.

한 치의 망설임도 없었다.

사해방의 거절을 아쉬워하지 않는 듯한 태도에 마태룡이 서운하게 느껴질 정도였다.

밖으로 나온 철혼은 곧장 대원들이 대기하고 있는 장소로 방향을 잡았다.

"죄송합니다. 사해방이라면 도움이 될 것 같았습니다."

지장명이 풀 죽은 목소리로 말했다.

흑영대의 머리가 되어줄 와룡부와 하나가 되지 못했으니 지장명 자신이 그 역할을 대신했어야 했는데, 초장부터 보기 좋게 어긋나 버렸다.

"사조장 탓이 아니야."

철혼이 말했다.

하나 지장명의 굳은 얼굴은 펴지지 않았다.

"잘잘못을 따지자면 결국 최종 결정을 한 나의 잘못이 가장 커. 내 잘못을 탓하는 게 아니라면 그 정도만 하지?"

"알겠습니다."

"덧붙이자면 애초 사해방의 전력을 바라지도 않았어. 나에겐 흑영대만 있어도 충분해."

이건 진심이다.

천하영웅맹을 상대하기엔 벅차고 모자란 전력이란 걸 철혼도 안다.

그럼에도 흑영대만 있으면 그 어떤 거대한 괴물과도 당당히 맞설 수 있을 것 같다.

자신을 믿고 따르는 이가 팔십이나 되거늘 천하에 두려울 게 뭐가 있겠는가.

그것이 늘 철혼이 가지고 있는 당당함이었고 자부심이었다.

"그나저나 너무 빠른 거 아닙니까?"

섭위문이 분위기를 일신시킬 겸 물었다.

"뭐가?"

"돛대에 금이 가긴 했지만, 교체를 하지 않는 이상 그리 오래 걸리지 않을 겁니다."

"그럼 교체를 하라고 해. 비용은 우리가 댄다고 하면 되잖아."

"그야 그렇습니다만……"

"얼마나 머물지는 조금 더 생각해 보지. 그건 그렇고 내일쯤

이면 벽력도패가 당도하겠지?"

"그러니까 사해방의 도움을 받아야 합니다. 도패가 땅에 내려서기 전에 배를 침몰시켜 버리면 되니까……."

"다시 싸워보고 싶어."

"대주!"

"이번엔 다를 거야. 기대해도 좋아."

섭위문은 더 이상 입을 열 수가 없었다.

철혼의 눈이 그 어느 때보다 차갑게 번들거렸기 때문이다.

'어느 때보다 독이 잔뜩 올랐군!'

*   *   *

어둠에 잠긴 섬의 분위기는 육지와는 완전히 달랐다.

사방에서 들려오는 파도 소리에 긴장감이 풀어지지 않았다. 게다가 적지만큼이나 안심할 수 없는 남의 영역이 아닌가.

그러나 긴장과는 전혀 무관하게 움직이고 있는 이가 있었다.

바로 소귀였다.

그는 요 며칠 뭔가에 빠져 넋 나간 사람처럼 행동했다.

뱃전에 멍청히 서 있다가 배가 기울어지자 바다로 빠질 뻔했고, 사해방의 해적들이 배를 포위하고 있을 때도 그는 갑판 한 구석에 앉아 바닥만 내려다보고 있었다.

그러나 철혼을 비롯하여 흑영대원 그 누구도 그를 뭐라고 하지 않았다.

심지어 소귀가 먼저 말하기 전에는 말조차 걸지 않았다.

망아지경!

무언가에 너무 깊이 빠져 자신조차 잊어버린 상태.

소귀는 지금 자신의 무공에 대한 생각에 깊이 빠져 있었다.

더 강해지기를 너무나 간절히 바랐던 만큼 머릿속에 퍼뜩 떠오른 실마리를 놓치고 싶지 않았다. 집착이라 할 만큼 깊이 몰두하다 보니 귀가 닫히고, 눈이 닫혀 버린 형국이다.

바닷물이 발을 삼키고 무릎까지 차올랐지만, 의식하지 못하고 계속 걸을 뿐이었다.

"저거 말려야 하는 거 아냐?"

멀리서 유검평이 중얼거렸다.

방해하지 말고 따라만 다니라는 특명 때문에 지금껏 조용히 따르고만 있었는데, 방해고 뭐고 간에 바다에 빠져 죽기 전에 막아야 할 상황이다.

유검평은 신형을 날려 바다 위로 머리만 내밀고 있는 바위 위로 올라섰다.

소귀와의 거리는 약 칠 장 정도 되었다. 여차하면 몸을 날려 구할 수 있는 거리였다.

바다에 빠지고 싶지는 않으니 그전에 소리부터 지르고 볼 생각이었다.

유검평은 가슴께까지 잠겨 있는 소귀에게서 눈을 떼지 않았다.

그런데 이게 웬일인가, 소귀가 스스로 걸음을 멈추었다.

'본능조차 죽기는 싫은 모양이군.'

잠시 지켜보고 있자니 정말 그런 듯 더 이상 움직이지 않은 채 시커먼 바닷물만 들여다보고 있었다.

유검평은 한 시름 던 얼굴로 잠시 주위를 살펴보았다.

"뭐지……?"

만월이 내리비추는 가운데 바다 위로 새까만 무언가가 보였다.

바닷물을 가르며 소귀를 향해 일직선으로 다가오고 있었다.

불길한 예감이 떠오른다.

정체가 뭐든 좋지 않다.

유검평은 소귀를 돌아보았다. 여전히 넋을 잃고 있다.

시선을 돌려 정체불명의 뭔가를 찾아보았다. 그새 바닷속으로 들어갔는지 보이지 않았다.

"선배! 조심해! 정신 차려!"

유검평은 더 이상 머뭇거리지 않고 소리쳤다.

소리치면서 소귀를 향해 신형을 날렸다.

허공에서 탁일도에게 받았던 묵직한 칼을 뽑아 들고, 정체불명의 뭔가가 소귀를 향하던 동선을 자르는 위치로 칼을 찌르며 뛰어들 준비를 했다.

바닷속은 어두웠지만, 어려서부터 내공을 착실하게 쌓아온 유검평에게는 제법 또렷하게 보였다.

'크다!'

눈앞에, 그러니까 바닷속에 커다란 무언가가 굉장히 빠른 속도로 다가오는 것이 보였다.

'교어(鮫魚:상어)!'

큼지막한 크기에 놀라며 칼을 내려꽂으려는 찰나.

시퍼런 광채가 급속도로 확산되어 교어로 여겨지는 괴 생명체를 덮쳤고, 그 바로 직후 유검평이 바다로 뛰어들었다.

지지지직! 팍!

풍덩!

유검평은 온몸을 저릿하게 만드는 기운에 놀라 물을 한 사발 들이켜며 바닷물을 박차고 허공으로 솟구쳤다.

전신의 신경이 굳어버린 것 같은 기괴한 상황에 대경실색하여 양손을 번갈아 휘두르며 아래를 내려다보니 바닷물 위로 나란히 떠올라 있는 소귀와 교어 한 마리가 보였다.

'선배?'

유검평은 이를 악물고 소귀의 곁으로 뛰어내렸다.

"……?"

다행히 전신을 저릿하게 만드는 일은 다시 일어나지 않았다.

"선배!"

황급히 소귀의 몸을 뒤집어보니 빳빳하게 굳어 있었다.

"잠깐 의식을 잃은 거니까, 밖으로 데려가."

가까이에서 들려온 목소리에 유검평은 화들짝 놀라 돌아보았다.

좀 전까지 그가 서 있던 바위 위에 한 사람이 서 있었다.

철혼이었다.

유검평이 아래서 올려다보니 대도를 비껴들고 서 있는 철혼의 머리 위로 만월이 후광처럼 빛나고 있었다.

'젠장! 멋져 보이잖아!'

자신과 비슷한 연배에 이토록 멋있는 사내가 또 있을까?

십주(十柱)의 후인 중 특히 뛰어난 다섯을 오룡(五龍)이라면서 칭송하고 있지만, 그들이 대주의 발치에나 미칠 수 있을까.

"뭐해?"

"예?"

"밖으로 데려가라고."

"아!"

　유검평은 그제야 정신을 차리고 소검평을 들쳐 업었다.

"그것도 가져가."

"예?"

"구워 먹으면 맛있을 것 같지 않아?"

"그렇군요."

　유검평은 칼을 집어넣고 남은 손으로 교어 꼬리를 움켜잡고 끌고 갔다.

　그때 첨벙 소리가 들렸다.

　유검평이 걸음을 멈추고 돌아보니 십여 장 멀리 바다로 뛰어든 철혼이 뭔가를 집어 던졌다.

　유검평이 자신의 머리 위로 날아가는 것의 정체를 살펴보니 큼지막한 물고기였다.

　칠팔 세 아이의 몸만큼이나 커다란 물고기를 열 마리 넘게 해안가로 던지더니 멀뚱히 서 있는 유검평을 향해 큰 소리로 말했다.

"조장들한테 말해서 가져가도록 해. 난 내일 아침에나 갈 테니까 찾지 말라고 하고."

"그러지요."

유검평이 대답하자 철혼은 곧 깊은 바다로 헤엄쳐 가기 시작했다.

"저 정도면 물고기가 따로 없군. 대체 못하는 게 뭐냐?"

철혼의 몸놀림은 정말 대단했다.

잠영술의 달인이랄 수 있는 사해방주 등의 움직임을 떠 올려 한 시진 동안 쉬지 않고 연습한 것이기에 그럴 수밖에 없었다.

아직은 흉내를 내는 정도이지만, 그들 못지않게 유연하고 기쾌한 움직임을 보이곤 했다.

한참을 유영해 간 철혼은 바닷물 밖으로 머리를 내밀고 숨을 크게 들이마신 후 다시 물속으로 들어갔다.

아래로, 아래로.

수직으로 한참을 내려갔다.

전신을 압박하는 압력이 점차 커졌다.

절대의 암흑!

두 눈에 공력을 집중하여도 시계가 반 장을 넘지 못하는 곳에 이르자 사방에서 죄여오는 압력이 상상 이상으로 강했다.

문제는 이게 다가 아니다.

팔다리를 움직이면 그 압력이 움직이지 못하도록 막는다. 사방에서 달려들어 옴짝달싹 못하도록 얽어매는 느낌이다.

그래서 좋다.

패왕의 칼을 수련하기에는 정말 안성맞춤이다.

눈을 크게 뜨고 살의를 일으켰다.

절대의 암흑을 헤치고 벽력도패가 나타났다.

커다란 장도를 들고 고압적인 자세로 다가온다.

대도를 거머쥔 손에 힘을 주고 벼락같이 휘둘렀다. 팔을 완강하게 붙잡는 압력을 떨쳐내고 대도가 일선을 긋는다.

땅 위에서 펼치는 것보다 배는 더 느렸지만, 일다경 전에 비하면 그야말로 일취월장이다.

자신을 노려보는 벽력도패의 환영을 향해 전력을 다해 대도를 휘둘렀다.

숨이 목구멍 끝까지 차오른다.

참는다.

벽력도패는 아직 숨을 참을 수 있다.

더 참아야 한다.

그가 참을 수 있는 만큼 버틸 수 있어야 대등한 싸움을 할 수가 있다.

칼과 칼의 대결은 두 번째다.

호흡의 싸움이 첫 번째다. 거기서 지면 이후도 없다.

버텨야 한다.

그러나 안구에 핏발이 서고, 폐가 터져 버릴 것 같은 극한으로 치닫는다.

더 참았다간 물을 들이마시고 만다. 그렇게 되면 끝장이다.

그래도 참는다.

입을 벌리기 직전까지 참고 또 참는다.

숨은 가슴만 답답하게 만들지 않는다. 머릿속마저 하얗게 지워 버린다.

한계의 한계까지 와버렸다.

어쩔 수 없다. 허리와 두 다리를 놀려 위쪽으로 차고 올라간다.

고개를 숙여 아래를 보니 벽력도패의 환영이 그 자리에 그대로 있다.

겨우 그 정도냐고 비웃는다.

'그래, 아직은 이 정도다. 다시 오마.'

*   *   *

"으흐흐! 내가 가야 할 길. 내 검이 나아갈 길을 보았어. 빛이 나더군. 번뜩이는 청광이었어. 온몸이 짜릿해지는 전율이 일었지."

소귀가 한 말이다.

어둠이 밀려나고 아침이 달려오는 시각이 되어서야 간신히 깨어나 그같이 말했다.

오랜 고행 끝에 마치 대단한 것을 발견한 사람마냥 으스대며 말한다.

황당하다.

하도 어이가 없어 헛웃음만 나온다.

유검평은 그거 대주님의 천뢰공이었다고 말하고 싶은 것을 가까스로 참았다.

"이제 그걸 내 검으로 소화하는 일만 남았어. 으흐흐! 내 검을 완성하면 누구랑 붙어보아야겠어. 아주 재밌을 것 같아."

그러면서 은근슬쩍 탁일도를 바라본다.

잘 익은 교어를 뜯느라 정신이 없어서 다행이지 들었다면 입에 거품을 물고 주먹을 휘두르고 달려들었을 것이다.

유검평은 고개를 저으며 고개를 돌렸다.

그때 유검평의 눈에 바다에서 걸어 나오고 있는 인영이 보였다.

"대주님 아니오?"

"어디?"

"저기 말이오."

"어! 맞네. 근데 왜 저기서 나오는 거지? 용궁에 가서 용왕하고 한판 하고 오는 건가? 대주님이라면 상대가 용왕이라도 쉽게 지지 않을 건데. 워낙 지독한 데가 있으니까 용왕 수염을 잡고 물귀신 작전을 벌여서라도 함께 죽자고 할 거야. 근데 용왕이면 물귀신 작전이 통하지 않는 거 아냐? 물속에서도 숨을 쉴 수 있을 거 아냐?"

소귀가 자신의 말이 재밌다는 듯이 웃으며 말하다 갑작스런 궁금증에 고개를 갸웃했다.

빡!

큼지막한 손이 갑자기 소귀의 머리통을 때렸다.

"어떤 시키가……!"

소귀가 벌떡 일어나 보니 털북숭이 얼굴이 그의 코앞에 있었다.

"나라는 시키다."

"아, 왜 때리고 그럽니까?"

"니 검 완성하면 꼭 붙어보자. 아주 묵사발을 만들어주마."

"들었소?"

"이게 오냐오냐 하니까, 내가 만만하냐?"

"만만해서가 아니라……."

"그럼 뭔데?"

"좋아서 그러지요."

"징그럽다. 그딴 소리는 니 조장한테나 지껄여."

"우리 조장님은 재미가 없잖아요."

"시끄럽고, 빨리 위장이나 채워. 대주님이 출격 명령이라도 내리면 어쩌려고 그러고 있냐?"

"존명!"

소귀가 얼른 자리에 앉아 잘 구워진 생선살을 입으로 집어가며 씩 웃었다.

"내 밑으로 왔어야 했는데, 그랬으면 독하게 두들겨 패서라도 정신 무장을 철저하게 시켜주었을 텐데."

탁일도는 못마땅한 듯 중얼거리며 철혼의 몫으로 따로 놓아둔 교어구이를 집어 들었다.

3장

정확히는 패왕굉뢰도(覇王宏雷刀)라고 하지요

"또 수련했습니까?"

가장 먼저 다가온 섭위문이 물었다.

유검평의 말을 듣고 미루어 짐작했던 바다.

과연 철혼이 고개를 끄덕인다.

"바다에서 잡을 생각입니까?"

다시 물었다.

벽력도패를 말함이다.

"결과가 어떻게 되든 피해를 줄일 수 있으니까."

"대주님이 다치는 것보다 큰 피해는 없습니다."

"느낌이 좋아. 잡을 수 있어."

확신에 찬 어조다.

어제 밤에 다시 싸워보고 싶다고 말할 때보다 훨씬 더 자신감이 묻어난다.

아무래도 간밤의 수련에서 뭔가를 얻은 모양이다.

"배고프지요?"

탁일도가 다가와 뭔가를 불쑥 내밀었다.

"이거 대주님이 잡은 교어인데, 맛이 끝내줍니다. 드십시오."

"고맙군."

철혼은 잘 익은 교어 살을 뜯어 입으로 가져가며 대원들을 둘러보았다.

모두들 배를 채웠는지 나른한 모습들이다.

"양이 부족하지는 않았어?"

"술이 없는 게 아쉬웠지 양은 충분했습니다."

"그렇다면 다행이고, 선원들은?"

"좀 전에 배가 정박해 있는 곳으로 돌아갔습니다."

선원들도 함께 먹었다는 말이다.

철혼은 고개를 끄덕이며 한쪽으로 걸어갔다.

섭위문과 탁일도가 따라붙었다.

"언제까지 머무를지 결정하셨습니까?"

철혼이 입안의 교어 살을 씹으며 보니 묻는 탁일도의 얼굴에서 답답함이 느껴졌다.

당장 달려가 천하영웅맹을 상대로 분풀이하고 싶어 한다는 걸 알 수 있다.

하긴 왜 그렇지 않을까.

맹주님에 대한 충심이 절대적이었는데.

"와룡부에서 한 수련의 결과가 어떻지?"

"며칠이나 했다고……."

"조장이 그렇게 말하면 안 되지."

"예?"

"대원들과 함께 지옥으로 뛰어든다고 다가 아니잖아?"

"……?"

"지옥을 무너뜨리고 대원들은 살려야지. 안 그래?"

"그야 그렇습니다만, 말처럼 간단한 일이 아니잖습니까?"

"간단하지 않으니까 조장들이 더 노력해야지. 답답한 건 모두 마찬가지야. 대원들도 하루빨리 달려가고 싶을 테고, 나 역시 그래. 십주들은 물론이고 원로원을 완전히 박살 내버리고 싶어. 하지만 안 되는 건 안 되는 거잖아. 지금 달려갔다간 개죽음을 당할 건데, 그렇게 해서 그 늙은이들 시름을 덜어주어야 할까?"

"더 수련하라는 겁니까?"

"그래. 더 해. 단 석 달은 넘기지 마. 나도 그때까지는 못 참아."

"얼마나 해야 만족할 겁니까?"

"내가 아니야. 조장들이 판단하도록 해."

"예?"

"몇 달 수련한 걸로는 강해지는 데에 한계가 있어. 그 한계에 다다랐다 싶어지면 언제라도 내게 보고해. 우리가 이곳을 나가는 건 그때가 될 테니까."

무책임한 발언 같지만, 그만큼 조장들을 믿기 때문이다. 그리고 무공에 대한 이해는 섭위문이 철혼보다 더 뛰어났다.

탁일도의 시선이 섭위문에게로 돌아갔다.

자신이 감당할 일이 아니었기 때문이다.

"알겠습니다."

섭위문이 고개를 끄덕였다.

철혼이 말하는 바를 정확히 파악했다. 석 달을 넘기지 말라고 말한 이유도 알아들었다.

같은 생각이다.

그가 생각하기에도 철혼이 말하는 한계에 도달하는 데는 석 달이면 충분했다. 물론 독종 이상으로 악착같이 수련할 때의 이 야기지만.

"바닷속에 들어가 본 적이 있어?"

철혼이 뜬금없이 물었다.

섭위문은 의아한 표정을 지었고, 탁일도는 투덜거렸다.

"그건 무슨 뚱딴지같은 말입니까? 수적이나 해적들보다는 못 해도 자맥질이라면 꽤 합니다."

철혼은 피식 웃더니 섭위문과 탁일도를 번갈아 보며 지나가 는 투로 말했다.

"시작하기 전에 꼭 들어가 봐. 얕은 데 말고, 깊은 데로."

"얼마나 깊어야 합니까?"

"숨을 참을 수 있을 만큼이겠지만, 적어도 십 장 정도는 들어 가야 할 거야."

"깊군요."

"깊지."

"위험할 수도 있습니다."

"위험한 만큼 얻는 것도 있어. 두 조장이 한번 들어가 봐. 참고로 난 삼십 장 정도였던 것 같아."

"삼십 장까지 들어가 봤단 말입니까?"

탁일도가 놀란 눈으로 묻는다.

철혼은 고개를 끄덕였다. 별거 아니라는 태도였다.

"들어가서 분쇄곤과 섬뢰보를 펼쳐 봐. 아주 재밌을 거야."

철혼은 그 말을 끝으로 남은 교어 살을 탈탈 털어 입안으로 넣었다.

그리고는 멍청히 서 있는 두 사람에게 바다를 가리켰다.

말 나온 김에 지금 들어가 보라는 뜻이다.

"무슨 말인지 알겠습니다."

섭위문이 고개를 끄덕이며 바다로 향했다.

물속에서는 모든 행동이 느려진다. 물의 압력 때문이다.

대주의 말은 그 압력을 이기고 지상에서처럼 무공을 펼칠 수 있도록 수련하라는 뜻이다.

'해낸다면 힘과 속도가 훨씬 더 강해지겠군. 좋은 방법이야.'

지난번 암벽에서의 수련도 무척 좋았는데, 바닷속에서의 수련 방법도 그에 못지않게 훌륭하다. 그리고 보면 수련 방법을 찾아내는 대주의 능력이 새삼 감탄스러울 정도다.

"진짜 가는 거냐?"

뒤에서 탁일도의 물음이 들려왔다.

섭위문은 걸음을 늦추지 않은 채 대답했다.

"따라오게. 간만에 자네 실력 좀 보아야겠네."

바닷속에서의 비무 신청이다.

두 사람이 직접 붙어보면 보다 많은 것을 느끼고 깨우칠 수 있을 거라는 섭위문의 생각이다.

"아니, 잠깐만…… 어이, 기다려."

비무 신청을 받고도 머뭇거린다면 탁일도가 아니다. 어찌할 바를 몰라 당황하던 탁일도는 이내 섭위문의 뒤를 따라 달려갔다.

철혼은 바다를 향해 멀어지고 있는 두 사람을 보며 가볍게 웃었다.

"내가 아는 두 사람의 능력이라면 한 달 정도면 충분하겠지."

이윽고 두 사람이 바다로 헤엄치기 시작했다.

깊은 바다를 향해 한참을 전진하던 두 사람이 한 곳에서 멈추더니 이내 바닷속으로 사라졌다.

철혼은 그 모습을 본 후 돌아섰다.

어느새 흑영대원들이 달려와 바다를 바라보고 있었다.

그들도 섭위문이 말했던 비무 신청을 들었다. 그래서 그 결과에 흥미를 보였다.

"일조장이 이긴다는 쪽은 왼쪽으로, 이조장이 이긴다는 쪽은 오른쪽으로 모인다. 실시!"

철혼의 갑작스런 외침에 흑영대원들이 멍청히 바라보다 이내 말뜻을 알아듣고는 설왕설래 웅성거렸다.

이때 가장 먼저 움직인 쪽은 일조와 이조 대원들이었다.

당연하게도 일조원들은 자신들의 조장이 이긴다는 왼쪽으로 이동하였고, 이조원들은 그 반대편으로 움직였다.

"어이! 우리 탁 조장님의 신력이라면 바다도 갈라 버릴 테니까, 이쪽으로 와야지?"

이마 한가운데에 시커먼 점이 있는 강일비가 선뜻 선택을 못 하는 다른 조원들을 향해 소리쳤다.

그러자 그에 뒤질세라 일조에서 소귀가 소리쳤다.

"바다에 들어가 봤냐? 깊이 들어가면 몸을 움직이는 것도 쉽 지 않다. 그런 상황에서는 무식한 힘보다는 짧고 간결한 움직임 이 득을 보는 거다. 알았냐?"

"뭐요? 지금 우리 탁 조장님이 무식하다고 욕하는 거요?"

"내가 언제 탁 조장님을 욕했냐?"

"무식하다는 게 욕이 아니면 뭐요?"

"그냥 말이 그렇다는 거지. 그게 무슨 욕이야. 그리고 너 이 새끼, 자꾸 기어오를래?"

"잘못된 걸 잘못되었다고 말하는 게 어찌 기어오르는 거요? 그렇게 말 돌리지 말고, 앞으로는 말조심 해주시오."

"근데 저 새끼가……?"

두 사람이 목에 핏대를 세우자 일조와 이조원들이 거기에 동 참하여 과열될 조짐을 보였다.

그러자 사조장 지장명이 철혼에게 다가왔다.

"저대로 두실 겁니까?"

"저들도 쏟아낼 때는 쏟아내야지. 그리고 한 번 투닥거렸다 고 앙심 품고 할 대원들이 아니잖아?"

"그야 그렇지만……."

"그것보다 사조장은 누구한테 걸겠어?"

"별로 그러고 싶지 않습니다."

"걸어봐."

"휴우! 소귀 말이 일리가 있습니다."

"그럼 일조장이라는 거군."

"뭐… 예."

"그럼 전 이조장님께 걸겠습니다."

삼조장 능인이 끼어들었다.

"형평을 고려하지 말고 소신을 지켜."

"형평을 고려하는 게 제 소신입니다. 그런데 이후에는 뭐가 있습니까?"

단순히 응원이나 하라고 양쪽으로 나눠 모이라고 한 것은 아 닐 터, 뭘 하려고 그러는 것인지 물었다.

철혼은 흥이 난 사람처럼 웃었다.

"일조장과 이조장은 서로에 대해 너무 잘 알아. 그리고 바다 깊은 곳에서는 움직임이 맘대로 안 되지."

"승부를 가리지 못할 거라는 겁니까?"

"그래. 그러니까 응원하는 사람들이 승부를 갈라줘야 하지 않겠어?"

철혼은 씩 웃으며 바다로 시선을 돌렸다.

섭위문과 탁일도가 바다 위로 머리를 내밀더니 이내 바닷속 으로 사라졌다.

그리고 잠시 후, 다시 머리를 내밀더니 이전처럼 바닷속으로 사라졌다.

그렇게 몇 차례를 반복하더니 이내 해안을 향해 나란히 헤엄 을 치기 시작했다.

철혼은 두 무리를 형성하고 있는 대원들을 돌아보았다.

육 대 사 정도로 일조장 쪽이 더 많았다.

"좋아. 형평을 고려하여 난 이쪽으로 하지."

철혼은 탁일도가 이길 거라는 이조원들이 있는 쪽에 섰다.

모두들 그런 철혼을 의아한 시선으로 바라보았다.

"보다시피 두 조장은 승부를 가리지 못한 모양이다. 그러니 승부는 우리가 가린다. 지금부터 내력을 사용하지 않고 권장박투를 벌인다. 지는 쪽은 삼 일 동안 식사를 책임지는 거다. 시작!"

철혼의 일갈에 멍청히 바라보는 대원들.

"뭐해? 선공을 놓칠 거야?"

철혼이 섭위문이 이길 거라는 쪽에 서 있는 일조원들과 그들에게 합류한 대원들을 향해 뛰어들며 앞쪽에 멍청히 서 있던 소귀를 향해 주먹을 휘둘렀다.

"으헥!"

깜짝 놀란 소귀가 저만큼 도망갔다.

"생각할 틈도 없이, 그거 반칙입니다."

지장명이 철혼의 옆구리를 향해 주먹을 휘두르며 소리쳤다. 철혼은 왼다리를 들어 막으며 마주 외쳤다.

"반칙은 내력을 이용해 도망간 소귀가 한 거지."

'퍽!' 소리와 함께 지장명이 뒤로 한 걸음 물러났다.

순간 철혼의 주먹이 지장명의 코앞을 스쳐 갔다.

'이크! 하마터면 코피가 터질 뻔했구나!'

지장명이 한숨을 돌린 순간 여느 사내 못지않은 체구의 하여령이 들소처럼 뛰어들어 주먹을 마구 휘둘렀다.

바로 곁에서는 유검평을 비롯한 이조원들이 함성을 지르며 돌진했다.

"하여간 앞뒤 안 가리고 뛰어드는 건 이조장님과 다를 게 하나도 없다니까."

지장명이 고개를 저었다.

"내 앞에서 한눈을 팔아?"

철혼의 목소리에 지장명이 화들짝 놀라 저만큼 피했다.

철혼의 오른발이 그가 서 있던 빈 공간을 갈랐다.

"뭐야? 내력을 사용하지 말라니까."

"본능입니다, 본능. 살고 싶다는 본능이란 말입니다."

"어쨌든 내력을 사용하는 사람은 쓰러진 걸로 간주하겠어."

철혼이 큰 소리로 외치며 지장명을 덮쳐갔다.

주위에는 두 무리로 갈라선 흑영대원들의 권장박투가 저자의 왈패들 싸움처럼 난잡하게 벌어졌다.

"저게 뭐하는 짓거리래?"

해안에서 벌어지고 있는 일장박투를 바라보며 탁일도가 중얼거렸다.

섭위문은 혼잡하게 벌어지고 있는 박투를 쓱 훑어보더니 이내 상황파악을 끝냈다.

"내기가 걸린 모양이군."

"내기?"

"그래. 우리 두 사람의 승부에 내기를 건 모양이야."

"우리한테 걸었는데, 왜 저러고 있어."

"우리가 승부를 가리지 못했다고 했겠지."

"누가?"

"누구긴, 대주님이겠지."

"아, 몰라. 힘들어 죽겠구만."

탁일도는 파도가 밀려오는 해안가에 대자로 누워 버렸다.

더 이상은 손가락 하나 움직이기도 싫었다.

"조금만 기다려 주지. 저 재밌는 걸 나만 빼놓냐."

"그러게."

섭위문 역시 탁일도 옆에 주저앉았다.

그 역시 탁일도 만큼이나 힘들어하는 기색이 역력했다.

이때 멀리서 흑영대의 모습을 지켜보는 눈이 있었다.

사해방의 조심환이었다.

"흠. 흑영대의 훈련방식이 저런 건가? 겨우 저 정도라면… 실망인걸."

하나도 놓치지 않겠다는 듯 눈에 불을 켜는 그의 모습은 무척이나 은밀해 보였다.

그리고 잠시 후 그의 손에서 한 마리의 전서구가 날아올랐다.

*   *   *

한바탕 권장박투가 끝났다.

승리한 쪽은 철혼이 포함 된 이조 쪽이었다.

섭위문과 일조, 그리고 거기에 동참한 대원들은 앞으로 삼 일

정확히는 패왕굉뢰도(霸王宏雷刀)라고 하지요 81

동안 물고기를 잡아야 하고, 산으로 들어가 사냥을 해야 했다.

물론 훈련 외의 시간에 해야 한다.

"사시초(巳時初:오전9시~10시)쯤 되었겠군."

철혼이 해를 보며 중얼거렸다.

섭위문은 철혼을 따라 해를 보며 시간을 가늠하였다.

"그쯤 되었겠습니다. 한데 무슨 일이라도 있습니까?"

"손님을 맞아야지."

"손님이라면……"

말하던 섭위문의 표정이 굳었다.

"아들이 죽었는데, 우리가 나올 때까지 기다릴 리가 없잖아."

"그걸 몰라서 그러는 게 아닙니다. 혼자 가실 생각이지요?"

"혼자면 충분하니까."

"대주님!"

"도패는 내가 잡을 테니, 조장들은 대원들 수련에나 신경 쓰도록 해."

"안 됩니다."

"같이 가면 방해만 돼. 겪어봐서 알잖아."

물속을 헤집는 뇌기는 피아를 가리지 못한다. 게다가 순간적으로 의식을 잃어버릴 정도로 강렬했다. 하지만 그게 벽력도패에게 통할지는 미지수다.

"상황이 여의치 않으면 도망칠 테니까. 염려하지 마."

"대주님 성격상 절대 그러지 못합니다."

"아니, 그럴 거야. 맹주님도 감내한 수치를 나라고 못할까? 지금도 이곳까지 도망쳐 왔잖아?"

철혼의 모습에서는 확고한 뜻이 내비치고 있었다.

섭위문은 더 이상의 만류는 항명이나 마찬가지라고 판단했다.

"위치라도 알려주십시오."

"나중에 선장께 물어보도록 해."

"대주님……."

"자신 있으니까, 염려 말고 수련이나 하도록 해."

철혼은 그 말을 남기고 배가 정박 중인 곳으로 향했다.

자신들이 출발했던 진해에서 이곳 섬까지 오는 바닷길이 하나뿐인지 선장에게 물어보기 위해서였다.

*　　　*　　　*

커다란 배가 바다를 가르고 있었다. 거센 풍랑을 헤쳐 가는 모습이 무척이나 저돌적이었다.

뱃머리에는 큼지막한 장도를 허리춤에 차고 있는 새하얀 머리의 노인이 허리를 곧게 세우고 우뚝 서 있었는데, 패도적인 기질이 물씬 풍겼다.

벽력도패 화경홍!

천하영웅맹 십주의 일인이라는 것만으로도 그의 강함을 충분히 설명할 수 있는 극강의 고수.

전날 흑수라를 놓치고 곧바로 추격할 배를 수소문하여 찾았으나 대부분 바다로 나가고 없었다.

화경홍은 흑수라에게 하루의 삶을 더 연장해 준 하늘에 분노하며 간밤을 뜬눈으로 새웠다.

뒤늦게 도착한 벽력도문의 제자들이 위협과 강제를 동원하여 적당한 배를 찾아냈고, 화경홍은 아침을 거르고 곧장 출발하도록 명했다.

"잠시 후면 군도에 당도할 거라고 합니다."

뒤에서 공손히 보고를 하고 있는 중년인은 천하영웅맹 내에 있는 벽력각(雷靂閣)의 부각주로 각주인 벽력광도(雷靂狂刀) 화벽강의 죽음에 일말의 책임감을 느끼고 있었다.

곁에서 제대로 보필하지 못했다며 스스로를 책망하였다.

'흑수라! 네놈의 영혼조차 남기지 못하도록 시체를 갈기갈기 찢어버리겠다.'

벽력도문의 태상문주께서 직접 나선 이상 놈이 살 수는 없다.

자신의 손으로 놈을 죽이지는 못하지만, 그 시체나마 난도질하여 저승에 있을 벽력각주께 보낼 참이다.

'놈!'

부각주가 이를 갈아붙였다.

하나 화경홍은 태산처럼 우뚝 서 있을 뿐이다.

겉으로 보아서는 그가 화를 내고 있는지조차 알 수가 없다.

단지 서 있을 뿐이지만, 보이지 않는 존재감이 망망대해조차 압도하는 것 같다.

'대단하신 분!'

부각주는 진심으로 감탄했다.

감히 주군이라 부르지 못하지만, 죽는 순간까지 주군으로 모시기로 작정하고 있었다.

"암초가 있더냐?"

"예?"

부각주가 알아듣지 못하고 처다본 순간 빙글 돌아선 화경홍이 갑판의 한쪽으로 성큼 가더니 난간 아래로 바다를 내려다보았다.

"무슨 일이신지……."

"조용히 하거라."

부각주의 입을 다물게 한 화경홍은 바다에 집중했다.

발바닥에 전해지는 진동은 암초 때문이 아니었다. 한두 번도 아니고 서너 차례 계속 충격이 가해지고 있었다.

쿠— 웅!

이번엔 배 전체가 울림을 터뜨릴 정도로 강한 것이었다.

"놈이다! 놈이 왔다!"

단박에 표정이 돌변하는 화경홍.

세상을 피로 물들여 버릴 야차와 같이 사나운 표정을 지었다.

"놈이라면… 흑수라 말입니까?"

"배를 침몰시키려는 모양이다. 모두 대비하라고 일러라!"

"존명!"

더 이상의 당황은 허용하지 않겠다는 듯 포권과 함께 신형을 날리는 부각주.

순간 '쿠웅!' 하는 굉음이 터지더니 배가 한쪽으로 기울었다가 이내 반대편으로 기울기를 반복했다.

"놈! 어서 모습을 드러내라!"

화경홍이 호통을 질렀다.

그때였다.

좌— 악!

바닷물 갈라지는 소리와 함께 무언가가 솟구쳤다.

화경홍이 빙글 돌아섰다.

순간 그는 볼 수 있었다.

허공을 가르는 굉장한 일도가 배의 선미를 강타하는 광경을.

쾅!

아찔한 충격.

나무 파편들이 사방으로 비산했다. 배의 선미가 쩍 갈라졌다.

"이놈!"

화경홍이 신형을 날렸다.

그러나 한발 늦었다.

일도를 날린 철혼은 이미 바다로 뛰어들고 있었다.

"쫓아라!"

화경홍이 외치자 부각주를 위시한 벽력각의 무인들이 바다로 뛰어들었다.

"바닥이 터졌습니다!"

"막아!"

"늦었습니다!"

"늦어?"

"침몰할 겁니다!"

선장과 선원들의 외침이 어수선하게 들려왔다.

그러나 화경홍은 거기에 관심조차 두지 않았다. 지독한 살기를 드러낸 채 바다만 살피고 있었다.

"모두 나오라고 해!"

"선장님, 설마?"

"목숨은 건지고 봐야 할 거 아니냐!"

갑판으로 튀어나온 선원들은 이내 선장의 지시하에 바다로 뛰어내려 군도를 향해 헤엄치기 시작했다.

바로 그때 철혼이 물 밖으로 솟구쳤다.

"이놈!"

화경홍이 전광처럼 강맹한 일도를 그었다.

섬광 같은 강기가 철혼을 노렸다.

하나 철혼은 애초 상대할 생각이 없는 듯 허공에서 신형을 비틀어 피하더니 배의 옆구리를 향해 강력한 일도를 그었다.

쾅!

배가 크게 기울었다.

화경홍이 천근추의 수법을 펼쳐 배의 균형을 잡아야 할 정도였다.

"쥐새끼 같은 놈! 맹주가 그렇게 가르치더냐!"

화경홍이 일갈하며 신형을 날렸다.

살짝 오므려졌던 무릎이 펴진 순간 그의 신형이 빛살처럼 튀어 나갔다.

천붕비(天崩飛)라는 신법으로 그 특성상 엄청난 경력을 일순간에 뿜어낸다. 그 때문에 그의 두 발이 갑판을 박찬 순간 엄청난 압력이 배에 전해졌고, 가라앉고 있던 배의 파손 부위가 더욱 크게 부서져 커다란 배가 바닷속으로 확 가라앉았다.

그래도 얻는 것이 있다면 촌각의 순간 철혼을 자신의 간격 안에 두었다는 것이다.

쓰아아아악!

화경홍의 칼이 대기를 무시무시한 속도로 쪼갰다.

바닷속으로 뛰어들던 철혼은 머리 위에서 쏟아지는 막대한 도격에 흠칫하며 마주 대도를 휘둘렀다.

'꽝!' 하는 두 강격의 충돌파가 바다의 수면을 크게 뒤흔드는 가운데 철혼의 신형이 바닷속으로 대번에 처박혀 버렸다.

그와 동시에 부각주를 비롯한 벽력도문의 제자들이 사방에서 몰려왔다.

그 숫자가 얼핏 오십에 달했다.

하나 어두컴컴한 바닷속에서 철혼을 찾는다는 건 쉬운 일이 아니었다.

안력을 극도로 높인 부각주가 철혼의 모습을 찾아냈으나 흡사 물고기처럼 잠영하여 어두운 저편으로 순식간에 사라져 버렸다.

부각주는 철혼이 사라진 방향을 한참 동안 주시했으나 철혼의 모습은 다시 보이지 않았다.

부각주는 물 위로 부상했다.

"어디냐?"

"반대편으로 사라졌습니다."

이미 칠 할 가량 가라앉아 버린 배 위에는 화경홍만이 우뚝 서 있었다.

부각주의 대답에 화경홍은 반대편으로 이동하여 난간 너머로 고개를 내밀었다.

바로 그 순간이었다.

"크악!"

"크헉!"

비명과 함께 물살을 가르고 솟구치는 소리가 들렸다.

"이놈!"

화경홍은 두 눈을 사납게 치뜨며 뒤를 돌아봤다.

물 위로 머리를 내밀고 있는 벽력도문의 제자들 한가운데에 물보라가 솟구치고 있었다.

당연하게도 그 위쪽에는 철혼이 있었고, 그는 화경홍이 돌아본 순간 잔뜩 신형을 비틀었다가 거침없는 일도를 그었다.

콰앙!

배의 한쪽이 완전히 부서졌다.

부서진 쪽으로 크게 기울어진 배가 이내 빙글 뒤집어졌다.

화경홍은 철혼을 공격할 생각도 못하고 허공으로 날아올랐다가 뒤집어진 배의 바닥 위로 내려섰다.

배의 밑바닥도 절반가량이나 부서져 있어 반의반 각이 지나기도 전에 배가 완전히 가라앉을 것 같았다.

화경홍은 고개를 돌려 철혼을 쏘아봤다.

철혼은 배에서 떨어져나간 큼지막한 파편 위에 서 있었다.

"이런다고 살 수 있을 것 같으냐!"

"살려고 나온 게 아니라 당신을 죽이고자 합니다."

"놈! 그게 가능할 것 같으냐!"

쩌렁 울리는 일갈은 화경홍의 것이 아니었다.

벽력각의 부각주가 신형을 솟구쳐 올라 철혼을 덮쳤다.

순간 철혼이 마주 튀어 오르며 등 뒤로 길게 늘어뜨리고 있던 대도를 번개같이 휘둘렀다.

부아아아악!

허공을 쪼개는 파공음조차 소름이 돋았다.

츠— 쾅!

도격과 도격의 격돌.

부각주의 표정이 찰나 간에 일그러졌다.

철혼의 대도와 격돌한 순간 뭔가 잘못되었다는 걸 깨달았고, 그 불길함은 그를 배신하지 않았다.

투캉!

경악스럽게도 부각주의 칼이 두 동강이 났다.

검푸른빛을 잔뜩 머금은 철혼의 대도는 경악하는 부각주의 가슴과 아랫배를 완전히 갈라 버렸다.

후두두둑!

쩍 갈라진 부각주의 몸에서 창자들이 왈칵 쏟아져 바다를 붉게 물들였다.

척!

철혼은 제자리로 돌아와 화경홍을 경계했다.

"대체 그게 무슨 도법이냐?"

화경홍이 물었다.

적잖이 놀란 모양이다.

표정의 변화는 없지만 물어보는 것 자체가 놀랐다는 방증이지 않겠는가.

"패도(覇刀)의 길은 곧 수라의 길, 그래서 혼이 없다."

철혼의 대답에 미간을 찌푸리던 화경홍이 이내 흠칫 놀라는 표정을 지었다.

"무적패왕(無敵覇王)? 설마 무적패왕의 패왕도라는 말이냐?"

"정확히는 패왕굉뢰도(覇王宏雷刀)라고 하지요."

"패왕굉뢰도……."

화경홍의 표정이 무겁게 가라앉았다.

무적패왕의 패왕도가 경계되어서가 아니다.

패왕도는 칼을 익힌 이라면 한번쯤 견식하고 싶은 도법이니 이런 상황만 아니었다면 오히려 달가워할 일이다.

특히 패도(覇刀)의 정점이라는 패왕도법의 초식들을 살펴볼 수만 있다면 화경홍이 익힌 벽력뇌신도법의 모자란 부분을 채울 수 있을 터이니 경계할 이유가 없다.

문제는 무적패왕의 패왕도를 익힌 이가 철혼이라는 것이다.

'하필 이놈이란 말인가?'

패왕굉뢰도가 탐이 났다. 하지만 자식을 죽인 놈이니 살려둘 수가 없다. 반드시 죽여야 할 놈이다.

더 이상의 망설임은 죽은 자식에게 미안할 일이다.

화경홍은 아쉬움을 순식간에 던져 버렸다.

"오늘부로 패왕도법은 영원히 사라질 것이다."

"패왕굉뢰도라는 이름이 그 자리를 대신할 겁니다. 오십시오. 패왕굉뢰도 제삼초 패왕겁(覇王劫), 지금 보여 드리겠습니다."

철혼이 도법의 이름을 정정해 주었다.

오만무례하게 보일 정도로 과신하는 철혼의 모습에 화경홍의 눈썹이 확 치켜 올라갔다.

"닥치거라!"

화경홍이 폭갈을 내지른 순간 투— 웅! 하는 굉음과 함께 그의 신형이 철혼을 향해 섬전처럼 쏘아졌다.

이미 만반의 대비를 하고 있던 철혼은 왼발을 들어 딛고 있던 파편을 찍음과 동시에 대도를 크게 휘둘렀다.

부아아아악!

공간을 쪼개는 굉음이 날카롭게 울려 퍼지며 극강의 일도가 날아드는 화경홍을 덮쳤다.

화경홍 역시 지지 않고 벽력뇌신도법의 절초를 펼쳤다.

쿠릉!

벽력뇌성을 일으키는 칼이 가공할 강기를 머금은 채 철혼의 대도와 격돌했다.

콰— 아아앙!

망망대해를 뒤집어 버릴 것 같은 굉장한 충격파가 거대한 폭발을 일으켰다.

수개의 물기둥이 허공으로 마구 솟구치는 가운데 철혼은 수면 위를 한참을 나뒹굴었다.

벌떡 일어서고 싶은 건 철혼의 의지일 뿐이고, 그의 몸은 바다에 잠겼다.

"이놈! 패왕도 따위는 지옥으로 꺼져라!"

천둥이 바로 머리 위에서 친다면 이러할까?

머릿속을 웅웅 울리는 폭갈이 지척에서 들려왔다.

본능적으로 위기를 직감한 철혼은 천근추의 수법으로 몸을 있는 대로 무겁게 하여 바닷속으로 잠겨드는 한편 대도를 휘둘러 머리 위를 막았다.

촤― 릉!

바닷물이 쫙 갈라졌다.

두 눈을 부릅뜬 철혼의 신형이 그 사이로 모습을 보였다.

하나 바닷물이 일차적으로 충격을 막아준 덕분에 중상을 입지 않았다.

화경홍은 분기를 터뜨리며 좌우로 갈라진 바닷물이 철혼의 신형을 덮어버리기 전에 벼락같이 뛰어들었다.

콰아아아악!

화경홍의 장도가 무시무시한 강기를 앞세우고 수직으로 내려꽂히는 가운데 철혼 역시 기다리고 기다리던 일도를 휘둘렀다.

번― 쩍!

검푸른 뇌기가 대도의 칼날을 타고 섬전처럼 폭발했고, 바로 그 순간 갈라졌던 바닷물이 해일처럼 두 사람을 덮쳐 버렸다.

*   *   *

"이거 불안해서 미치겠군."

탁일도는 당장에라도 달려갈 기세였다.

하나 따라오지 말라는 대주의 명이 있었고, 가보았자 바다에서는 방해만 될 뿐이기에 참아야 했다.

지금 탁일도를 비롯한 흑영대는 철혼이 작은 배를 타고 바다로 나가자마자 섬에서 높은 곳에 속하는 이곳까지 달려와 철혼을 지켜보았다.

섬이라고 부르기에도 민망한 작은 돌섬에 배를 고정시키고 바다로 헤엄쳐 가는 모습을 보았고, 멀리 까마득히 다가오던 배가 침몰하는 광경도 보았다.

워낙 거리가 멀었기에 사람의 모습조차 확인할 수가 없었지만, 이곳까지 들려오는 충격음으로 미루어 무척이나 격렬한 싸움을 벌이고 있음이 분명했다.

"괜찮겠지?"

"벽력도패입니다."

탁일도의 물음에 대답한 이는 지장명이었다.

탁일도는 얼굴을 확 붉혔다.

"뭐야? 대주가 진다는 거야?"

"우리가 가늠할 수 없다는 뜻입니다."

"그래도 해봐. 누가 이길까? 대주는 그 뇌기가 있잖아."

"문제는 벽력도패에게 얼마나 통하느냐입니다. 아무래도 우리와는 다른 세계에 사는 사람이니……"

"다르긴 개뿔! 그 늙은이는 사람 아니냐? 찌르며 피 나고, 잘리면 죽는 거지."

"누구 칼이냐에 따라 다르겠지요."

"그래. 내 말이 그 말이야. 대주잖아. 대주가 벼락으로 지져 버리는데, 그 늙은이라고 멀쩡하겠냐고?"

탁일도가 흥분하여 소리쳤다.

철혼에 대한 염려가 극에 달해 자신도 모르게 흥분하고 있었다.

이때 탁일도의 흥분을 가라앉혀 주려는 듯 섭위문이 특유의 낮은 목소리로 끼어들었다.

"겪어보니 뇌기는 정말 놀라운 것이더군. 하지만 뇌기 역시 기(氣)라는 범주에서 벗어난 건 아니네. 십주(十柱)들은 초월경(超越境)이라는 절대의 영역에 속하는 고수이고. 다시 말해 기경팔맥과 사지백해가 완전히 뚫려 외기를 피부로 받아들일 수 있는 팔괘신통(八卦身通), 이기응신(異氣應神)의 경지를 아주 오래전에 이루었다는 말이지."

"그래서 하고 싶은 말이 뭔가?"

"일통경(一通境), 일조경(一造境), 그리고 여의경(如意境). 초월경은 자신의 무공을 뜻대로 펼칠 수 있는 완성의 경지라고 알려진 여의경보다 상승의 경지이네. 어쩌면 기(氣)의 영향, 작용, 충격 그런 것에서 자유로울 수도 있네."

"자유로워?"

"우리처럼 몸이 굳고 정신을 잃지 않을 수도 있다는 거네."

"그게 사실인가?"

"공력의 강약과 상성에서 자유로울 수 없다면 어찌 초월경이라 부를까. 내가 염려하는 건 바로 그 점이라네."

"그걸 알면서도 대주 혼자 보냈단 말이야?"

탁일도의 언성이 높아졌다. 분노의 기색마저 느껴졌다.

하나 섭위문은 담담함을 유지했다.

"대주는 십주의 경지에 근접했네. 그러니 십주의 경지에 대해서는 우리보다 더 잘 알고 있을 거네. 그리고 단지 상대를 살상하는 살인술에 있어서는 대주가 십주들을 능가할 거라는 게

내 생각이네."

벽력도패를 쓰러뜨릴 수 있는 방편이 있다는 말이고, 결과는 부딪쳐 봐야 안다는 말이다.

탁일도는 복잡한 마음에 얼굴을 잔뜩 일그러뜨린 채 먼 바다로 시선을 돌렸다.

'망할 대주 같으니, 죽기만 해봐라!

흑영대 못지않게 철혼의 움직임을 예의주시하는 이가 있었다.

바로 조심환이었다.

마태룡은 몸을 회복하는 데 집중하고 있고, 마여란과 다른 두 명의 향주는 마태룡의 일신을 지키기에 여념이 없는 와중에도, 그는 철혼의 동태를 파악하고자 애를 썼다.

벽력도패와의 격돌은 불을 보듯 빤한 것이었고, 그 격돌의 결과에 따라 사해방의 운명이 좌우될 수도 있었다.

'흠, 누가 이겼을까?

명성과 지위로 본다면 단연 벽력도패다.

객관적인 이성으로 판단해도 벽력도패다.

하지만 흑수라는 맹수처럼 포악한 자다.

적에게는 그 누구보다 무자비하고 냉혹한 자다.

벽력도패는 오랫동안 정상에서 군림하고 있는 자고, 흑수라는 지옥을 뚫고 올라온 맹수다.

과연 누가 이길까?

가장 반가운 결과는 둘 다 죽는 거다.

양쪽 모두 죽거나 헤어나기 힘든 상처를 입고 양패구상(兩敗
俱傷)하는 것이야말로 쌍수를 들고 환영할 일이다.

"흠! 이쯤일 텐데."

조심환은 해류의 흐름을 따라 움직였다.

시체들이 밀려올 것이기 때문이다. 그런데 어찌 된 영문인지
단 한 구도 보이지 않았다.

"뭐지? 죽은 이가 없단 말인가?"

조심환은 고개를 갸웃하며 신형을 날렸다. 바다 한가운데에
고개만 내밀고 있는 큼지막한 바위를 향해서였다.

"여기에 있었구나!"

바위 반대편을 살펴본 조심환이 쾌재를 불렀다. 하나 곧 놀람
으로 돌변했다.

"흑수라?"

한 사람이 바위에 걸려 죽은 듯이 누워 있었다.

흑의를 입고 있는 이는 분명 흑수라 철혼이었다.

4장

풍생용비(風生龍飛)

　'죽은 건가?'

　조심환은 두 눈을 가늘게 뜨고 내려다보았다. 혹시나 싶어 다가가지 못하고 눈으로만 살폈다.

　이윽고 바위 위로 머리만 내밀고 내려다보던 조심환의 얼굴이 확 일그러졌다.

　'망할! 살아 있구나!'

　가늘지만 분명 호흡하고 있었다.

　오른손으로는 대도를 굳게 움켜쥐고 있었다.

　살아 있다는 증거다.

　'어떻게 하지?'

　이 자리에서 일장을 내려치면 단박에 머리통을 부숴 버릴 수 있을지도 모른다.

문제는 흑수라가 의식이 있는지와 무공을 펼칠 수 있는지 여부다.

그가 피해 버리면?

이 장을 날려?

그것도 피해내면? 아니, 그가 역공을 가한다면 내가 상대할 수 있을까?

그가 중상을 입고 있다면 가능하겠지만…….

조심환은 가늘게 뜬 눈을 더욱 가늘게 뜨며 철혼의 몸 상태를 살펴보았다.

하나 직접 맥을 짚어보기 전에는 더 이상 알아낼 수 있는 게 없다.

'어떡하지?'

조심환의 망설임이 순식간에 한계에 봉착했다.

더 이상 고민하고 망설이다간 답답하여 소리라도 지르고 말 터였다.

'일단 깨우는 척하며 맥을 살펴보자.'

결정을 내린 조심환은 조심스럽게 신형을 일으켰다.

소리 없이 바위 너머로 넘어갔다.

철혼의 바로 옆에 쪼그리고 앉은 조심환은 숨을 죽이고 철혼을 살폈다.

철혼은 죽은 듯 누워 있었다.

가슴의 기복이 거의 보이지 않을 정도로 가는 호흡을 하고 있었다.

'이걸 확… 아니야, 그러다 잘못되면 끝장이다. 조심해야 해.'

화급한 성격이 일을 망치고 목숨을 앗아간 경우를 숱하게 보았다. 자신은 그러지 말자고, 돌다리도 두들기고 건너기로 마음 먹은 지 오래다.

"험! 괜찮소?"

조심환은 넌지시 물었다.

하나 반응이 없다.

"흑영대주, 어디 다치셨소? 내 흑영대원들을 불러다 드리리까?"

여전히 미동도 않는다.

의식을 잃어 듣지 못하는 것일까?

"정신이 있는지 없는지 모르지만, 일단 내가 부축해서 나가도록 하겠소."

조심환은 조심스레 손을 뻗었다. 눈으로는 철혼을 살피고 손으로는 팔을 잡아주는 척하며 검지를 뻗어 슬며시 완맥을 짚었다.

바로 그 순간, 철혼이 두 눈을 번쩍 떴다.

"협?"

얼마나 갑작스러웠던지 조심환이 헛바람을 들이켰고, 그와 동시에 한줄기 지독하리만치 강렬한 기운이 그의 전신을 관통했다.

"컥!"

조심환은 순식간에 의식을 잃었다.

시간이 흘렀다.

조심환의 의식이 천천히 돌아왔다.

의식과 함께 타는 듯한 갈증이 그를 괴롭혔다.

"무울……?"

자신도 모르게 물을 찾던 조심환은 번쩍 눈을 떴다.

작열하는 태양 빛이 눈을 아프게 찔렀다. 조심환은 손을 들어
눈을 가리면서 상체를 일으켰다.

바위 위였다.

정확히는 철혼이 누워 있던 자리 바로 옆에 그가 누워 있었
다.

조심환은 철혼을 찾아 고개를 돌려보았다.

"……!"

얼음처럼 차가운 눈이 그를 내려다보고 있었다.

철혼이었다.

바위 위쪽에 가부좌를 틀고 앉아 조심환을 내려다보고 있었
다.

"내게 살의를 가질 만한 사람은 굉장히 많은 편이오. 하지만
분류를 하자면 딱 두 곳으로 분류가 되오. 하나는 천하영웅맹이
고, 또 하나는 사도천이오. 당신은 어느 쪽이오?"

"무슨 말입니까? 난 사해방의……."

"사해방이 아니라고는 안 했소."

"그럼……?"

"어느 쪽과 관련이 있소? 느낌상 사도천인 것 같은데, 아니면
아니라고 증거를 대보시오."

"무슨 증거를……."

"증거를 대지 못하면 이 자리에서 죽일 거요."

철혼의 두 눈에 짙은 살기가 감돌았다. 정말 죽이겠다는 기세였다.

밑도 끝도 없이 증거를 대라는 건 억측이고, 억지일 뿐이다. 그럼에도 철혼의 살기에 눌린 조심환은 증거를 찾기에 바빴다.

물론 아니라는 증거를 찾을 수가 없었다.

"역시 사도천이었군."

"아, 아니오."

"사도천은 생사대적이라 살려둘 수 없으니, 그리 알고 죽으시오."

철혼이 오른손을 들었다.

조심환은 사색이 되어 소리쳤다.

"사도천이 아닙니다. 정보만 제공합니다. 제발 살려만 주십시오."

"사해방의 전임 방주가 죽은 건 사도천의 짓인가?"

"그런 걸로 알고 있습니다. 막을 수가 없었습니다. 막으려고 했다간 전부 죽을 것이기에……."

"지금 방주는 왜 살려주었소?"

마태룡을 말함이다.

조심환은 무거운 표정을 지으며 대답했다.

"귀하가 죽인 방주는 욕심만 많았지 사해방을 제대로 이끌 능력이 없었소. 언젠가는 사고를 치고 죽을 거라 생각했소."

"그때를 대비하려고 살려두었다는 건가?"

"정확히는 마여란 아가씨가 필요해서요. 침착하고 사리분별이 뛰어나 본 방을 이끌기에는 적합한 분이오. 아가씨가 옆에서 도와준다면 마태룡 공자가 잘 이끌어갈 수 있을 거라 여겼소."

"좋소. 사해방에 관한 일은 외인인 내가 참견할 일이 아니니 넘어가 주겠소. 자, 묻겠소. 나와 흑영대가 이곳에 있다는 걸 알려주었소?"

"그, 그건……."

더듬거리는 조심환.

그 모습만으로도 철혼에겐 충분히 대답이 되었다.

"알려주었군."

"잘못했소. 살려주시오."

"천하영웅맹에도 연락을 했소?"

"그, 그것이……."

"살아남으려면 양다리를 걸칠 수밖에 없었겠지."

"미안하오."

"벽력도패가 이곳으로 올 거라는 걸 사도천에 알렸소?"

"벽력도패의 행차는 어차피 알려질 일이었소. 영웅맹을 나선 순간부터 사도천의 눈들이 따랐을 것이니……."

"벽력도패가 날 잡으러 왔으면 내가 죽을 거라고 여기겠군. 그렇지 않소?"

"예?"

"설마하니 흑수라가 벽력도패를 죽일 거라고 판단하지는 않을 거 아니오?"

"그게 사람에 따라 다르겠지만, 보편적인 판단으로는 그렇겠지요."

"하면 정말 죽었는지 염탐꾼 정도나 보내고 말겠군요?"

"그렇겠지요?"

"좋소."

고개를 끄덕이는 철혼.

조심환은 그런 철혼을 멍청히 쳐다봤다.

'무공만 강한 게 아니었어. 의외로 머리 회전이 빠르다.'

철혼은 항상 무표정한 얼굴을 하고 있다.

거기에 얼굴 한쪽에 그어진 혈루처럼 보이는 상흔이 있어 냉혹하게 보인다. 얼핏 보이는 모습도 워낙 살벌해 두 눈 깊이 자리한 영민함을 발견하기가 쉽지 않다.

물론 영민하다고 하여 수재나 천재 소리를 들을 정도는 아니다. 보통을 상회하는 정도라고 보면 된다.

"우리가 이곳을 나갈 때까지 더 이상의 정보를 제공하지 마시오."

"예?"

"천하영웅맹이고 사도천이고 간에 우리가 사라질 때까지 접촉을 하지 마시오. 그리하겠다면 살려주겠소."

선택의 여지가 없다.

나중의 일보다는 눈앞의 칼이 우선인 법이니까.

"그리하겠습니다."

"좋소. 그만 가보시오."

살려주겠다는 말이다.

조심환은 천천히 자리에서 일어나 철혼이 앉아 있는 바위를 돌아갔다.

조심환이 이곳으로 건너올 때 도약했던 곳을 향해 신형을 날렸다.

건너편에 내려선 조심환은 뒤도 돌아보지 않고 도망치듯 사라졌다.

그의 기척이 완전히 멀어졌다.

철혼은 앉은 채로 상체를 숙였다.

"우엑!"

한 사발의 핏물을 토했다. 그러고 나니 속이 다 시원했다.

"땅이었다면 그를 죽일 수 있었을까?"

바닷속이 아닌 맨땅에서 싸웠다면 벽력도패를 이길 수 있을까?

고개를 저을 수밖에 없다.

낯선 환경, 전혀 예상치 못한 뇌기, 그리고 무적패왕의 무공이라는 것에 대한 경계심이 아니었다면 벽력도패를 죽일 수 없었을 것이다.

그렇다.

벽력도패를 죽였다.

칼과 칼, 힘과 힘으로는 아직은 역부족이었다.

대도를 통해 불을 뿜은 뇌기가 화경홍의 몸을 강타했지만, 타격은 그리 크지 않았다.

찰나의 움찔거림, 그게 전부였다.

하지만 귀궁노의 속도에는 그 찰나의 순간이면 충분했다.

게다가 철혼이 패왕굉뢰도법의 절초 패왕겁을 운운한 때문에 화경홍의 신경은 온통 철혼의 오른손이 쥐고 있는 대도에 집중한 상태였다.

제아무리 십주의 일인이라고는 하나 고금제일에 오르내리는 무적패왕의 패왕도를 경계하지 않을 수가 없었던 것이다.

귀궁노에서 튀어 나간 강전은 화경홍의 가슴에 틀어박혔다.

심장도, 머리도 아니었다.

하나 뜻밖의 치명상에 화경홍이 깜짝 놀랐고, 바로 그 순간 철혼의 왼손이 천뢰장을 뿜었다.

벽력도패 화경홍은 가슴이 으스러져 그 자리에서 즉사했다.

철혼은 충돌의 여파로 인해 바다 밑으로 가라앉으며 의식을 잃었다.

의식이 돌아온 건 조심환이 바위 위로 고개를 내민 순간이었다.

'그래도 수확은 있었어. 천뢰장과 패왕굉뢰도가 하나가 되면 굉장한 파괴력을 보일 거라는 걸 충분히 알 수 있었으니까.'

아직은 벽력도패의 칼을 능가하지 못했지만, 앞으로는 달라질 것이라는 확신이 들었다.

그러니 남은 건 두 절학을 하나로 융합시키는 것이다.

지금까지 패왕굉뢰도를 펼칠 때는 불완전한 패왕(覇王)의 신공(神功)을 운행했다. 하나 앞으로는 천뢰의 신공을 이용할 생각이다. 천뢰장을 펼칠 때처럼 뇌기 본연의 힘을 폭발시킬 것이다.

패왕굉뢰도에서 벼락이 폭발하도록 만드는 것이다.

그것이라면 십여 년의 기간 동안 더욱 강해졌을 십주들을 능히 상대할 수 있을 것이다.

이제 길을 정했으니 그 길을 가면 된다.

물론 길을 나서기 전에 몸부터 챙겨야겠지만.

눈을 감고 호흡을 가다듬었다. 안을 가만히 들여다보며 천뢰의 신공을 불러일으켰다.

천지간에 가장 강하다는 뇌기(雷氣)이지만, 상생(相生), 상합(相合)의 이치를 모르지 않아 원기(元氣)를 북돋아 망가진 곳을 치유하고 무너진 것을 일으켜 세울 수 있을 것이다.

'오늘부터는 불완전한 패왕(霸王)의 신공(神功)을 잊고, 천뢰의 신공에 집중하는 거다.'

철혼은 서문 노야에게 배운 불완전한 패왕신공 대신 맹주에게 배웠던 천뢰신공을 운공하기 시작했다.

얼마나 시간이 흘렀을까.

운기를 시작한지 반 시진쯤 지났을 게다.

두 눈을 지그시 감고 있는 철혼의 표정이 변했다.

운기행공이 끝나갈 무렵 돌연 귓가에 바람 소리가 들려왔기 때문이다.

사람의 기척과는 거리가 멀다.

귀청을 자극하는 실제가 아니기 때문이다.

바람 소리는 금세 사라졌다. 그리고 기이한 울음이 들렸다.

이 역시 실제가 아니었다. 그렇다고 피로가 극에 달해 몸의 균형이 망가져 들리는 이명 따위도 아니다.

이제 막 운기행공을 마치려는 시점이지 않은가.

이후풍생(耳後風生)! **용비풍종**(龍飛風從)!
귀 뒤에서 바람이 일면, 용이 날아올라 바람을 쫓는다.

이는 풍생용비(風生龍飛)라고 하는데, 몸 안의 질서가 재구성
되는 과정에서 일어나는 현상이다.

선천진기와 후천진기가 다시 자리를 잡는 과정에서 서로 충
돌하여 그 파장이 청각을 건드리기 때문이다.

충돌이라 하여 염려할 바는 아니다. 제자리를 찾아가는 과정
에서 스치듯 부딪치는 정도니까.

그렇다면 이런 현상이 일어나는 이유는 뭘까?

패왕신공과 천뢰신공의 자리 바꿈이 원인이다.

정확히는 패왕신공이 자리 잡고 있던 하단전에 천뢰신공이
비집고 들어가면서 일차적인 충돌이 일어났고, 오갈 데가 사라
진 패왕신공이 선천진기에 융화되면서 선천진기의 세력이 커져
버렸다.

몸집이 불어난 선천진기는 그동안 불완전한 패왕신공 때문에
완벽하지 못했던 철혼의 몸을 재구성하기 시작했다. 이때 전신
세맥을 주천하고 돌아다니던 천뢰신공과 충돌하면서 파장을 일
으켰다.

철혼은 이와 같은 세세한 내막을 알지는 못했다.

하나 가만히 몸 안을 살펴보니 나쁘지 않다는 걸 깨달았다.

몸 안에서 벌어지고 있는 현상이 일어나는 연유가 무엇인지
궁금했지만, 그걸 아는 것보다 몸에 행해지고 있다는 게 더 중
요했다.

철혼은 마음을 가라앉히고 자신의 안을 관조했다.

시간은 철혼의 머리 위로 호선을 그리며 넘어가고 있었다.

"두 시진입니다."

철혼이 눈을 뜨자 기다렸다는 듯이 들려온 말이다.

낮게 깔린 중저음의 목소리.

섭위문이다.

운기행공 중인 철혼의 곁을 지켜주고 있었던 모양이다.

자리에서 일어난 철혼은 고개를 돌려보았다. 해안가에 삼삼
오오 모여 있는 흑영대원들이 보였다. 시커먼 복장이라 멀리서
본다면 물개 떼가 옹기종기 모여 있는 것으로 착각을 일으킬 것
같았다.

"수련이나 하고 있으라니까."

"대주님이 사지(死地)로 갔는데, 수련이 되겠습니까?"

"사지는 무슨……."

"무사하신 걸 보니 벽력도패가 물귀신이 된 모양입니다."

"운이 좋았어."

"운으로 쓰러뜨릴 수 있는 벽력도패가 아니잖습니까?"

"일조장 같으면 어린아이가 달려들면 전력을 다할 건가?"

"아니죠."

"벽력도패도 그랬을 거야. 내가 우습게 보였겠지."

"대주도 우습게 보일 수가 있는 거군요."

"십주 정도 되면 이미 사람이라고 하기에도 그렇잖아?"

"그런 십주 중 한 사람을 죽인 대주는요?"

"자화자찬이 된 건가?"

"자부심을 가져도 됩니다."

이건 섭위문의 진심이다.

철혼의 나이에 이 정도의 경지에 오른 이가 고금을 통틀어 몇이나 될까? 아니, 있기나 할까?

"일조장이 그렇게 말해주니 기분이 좋군."

"자주 할까요?"

"한 번이면 칭찬이고, 두 번이면 비웃는 것이고, 세 번이면 욕이라고 했어."

"칭찬은 고래도 춤추게 만든다는 말도 있습니다."

"한 번이면 그렇겠지. 세 번이면 칼춤 추는 고래를 볼 수 있을 거야."

"칼춤 추는 고래라… 재밌군요."

"이런 대화는 질색이니 그만 가지."

정말 그렇다는 듯 고개를 젓더니 신형을 날려 대원들에게로 가버리는 철혼.

섭위문은 그 모습을 보고 피식 웃다가 이내 아차 하는 표정을 지었다.

"팔조가 복귀했다는 걸 보고하지 못했군."

흑영대 팔조는 진해에 당도하자마자 전마들을 팔기 위해 따로 남겨졌던 조다. 다음 날 벽력도패가 선박을 수배하여 출발하자 반 시진의 간격을 두고 다른 배를 타고 뒤를 쫓아와 철혼이 벽력도패와 싸움으로 인해 의식을 잃고 있는 사이에 본대에 합류하였다.

"모두 무사하니, 오늘 같은 날은 술이라도 한잔했으면 싶군."

섭위문은 입맛을 다시며 철혼의 뒤를 따라 신형을 날렸다.

*　　　*　　　*

과정 없는 결과물이란 있을 수 없다.

상승의 경지도 마찬가지다. 기마자세를 하고, 호흡을 배우는 기초 단계부터 하나하나 거치고 올라왔기에 상승의 경지가 존재하는 것이지, 상승의 경지가 곧바로 찾아와 주지는 않는다.

다시 말해 걸음마를 떼지도 않고 바로 뛰어다닐 수는 없다는 말이다.

하나 정상에 오르는 길이 하나가 아니듯 상승에 오르는 방법 또한 무수히 많다.

도병을 움켜쥐는 방법부터 시작해서 호흡과 초식, 그리고 보법까지 무수한 연습을 통해 동작마다 내포하고 있는 의미를 하나하나 깨우쳐 한 계단씩 오르는 사람이 있는 반면, 형만을 익힌 뒤 생사가 오가는 살벌한 실전을 무수히 겪으면서 머리보다 몸으로 올라서 버리는 이들도 있다.

철혼은 후자에 가깝다.

거기에 맹주의 신공을 한꺼번에 물려받았다.

걷자마자 곧바로 날게 된 것이다.

사상누각까지는 아니더라도 어디든 불안할 수밖에 없다. 단단한 벽을 만나면 일순간에 붕괴될 여지가 있었다.

맹주는 그러한 바를 염려하여 철혼에게 틈나는 대로 무서를

읽도록 했다.

굳이 이해하고 파악하려 들지 말고 읽은 내용을 머릿속에 담아두라고 했다.

그렇게 해서 철혼이 읽은 무공서적이 오십여 권이었다.

많은 권수는 아니지만, 모두가 명성이 자자한 고수들과 이론가들이 자신의 무공에 대한 이론을 정립해 둔 것이라는 것을 감안하면 상당한 분량이었다. 거기에는 맹주와 공손 선생의 무론도 포함되어 있었다.

"네 머릿속에 있는 것이니 언제고 필요할 때가 되면 스스로 튀어나와 너의 모자람을 개안시켜 줄 것이니, 지금은 그저 각인시키듯 읽어두도록 해라."

맹주의 말이 옳았다.

바다에서 죽어라 수련을 하고 있는 흑영대원들과 따로 떨어져 있는 철혼은 바다 깊은 곳에서 상념에 빠져 있다가 불식간에 떠오른 무론들로 인해 머릿속이 터질 것만 같았다.

"검과 내가 둘이 아니라는 것을 깨우친 뒤에야……."

"기는 다스리는 것이 아니라 소통하는 것이다. 소통이란 무엇이냐……."

"기검이니 예검이니 다 개소리다. 무공은 딱 둘로 나눈다. 기공과 살공이다. 기공은……."

"무공의 정점은 합일에 있다. 천지만물과 합일을 이루지 않고서는 무극을 열지 못한다. 만물일체(萬物一體), 심물일여(心物一如)이니……."

"공력과 초식에 연연하지 마라. 무(武) 본연의 힘을 각득하여야……."

여러 무서의 저자들이 철혼의 머릿속에서 이구동성으로 마구 떠들어댔다.

어느 말을 들어야 할지 혼란이 일어났다.

그때 한쪽에서 나직이 들려오는 울림이 있었으니.

"스스로 한계를 긋고 있는 마음을 넘어서는 것이야말로 상승의 벽을 부수는 지름길이다."

가슴속에 거대한 징이 울렸다.

그 파장이 전신을 뒤흔들었다.

'그래, 굳이 하나에 집중할 필요는 없다. 열이면 열, 백이면 백, 모조리 들어주마!'

머릿속의 목소리들이 서로 들어달라고 아우성이었다.

철혼은 그 소란을 담담히 받아들였다.

쉴 새 없이 울려대는 목소리들.

시간이 흐르자 하나하나 사라져 갔다. 그리고 그때마다 머릿속에 문이 열렸다.

그리고 좀 더 시간이 흐르자 머릿속이 조용해졌다.

고요한 가운데 가슴속에 징을 울렸던 소리가 다시 들려왔다.

"스스로 한계를 긋고 있는 마음을 넘어서는 것이야말로 상승의 벽을 부수는 지름길이다."

머릿속에 불이 밝혀지는 느낌을 받으며 두 눈을 번쩍 떴다.

여전히 칠흑의 바닷속이었다.

그런데 사방에서 조여오는 압력이 갑자기 사라졌다.

마치 바다와 하나가 된 듯한 느낌이었다.

스윽!

대도를 들어 올렸다.

물의 저항이 느껴지지 않는다.

그야말로 만물일체(萬物一體), 심물일여(心物一如)다.

'좋군.'

정말 기분 좋은 미소를 지었다.

'함께 가볼까!'

위로!

단숨에 솟구치자 바닷물이 하나 되어 함께 치솟았다.

촤ㅡ악!

어둠에 잠긴 바다 위로 거대한 물기둥이 솟구쳤다.

십여 장 가까이 솟구쳤다가 일순간에 확 쏟아졌다.

철혼은 허공에서 홀로 칼춤을 추었다.

칼이 그리는 궤적을 따라 광풍이 휘몰아쳤다. 거센 기의 바람에 바닷물이 거대한 소용돌이를 일으켰다.

그리고 어느 순간 일도양단하듯 대도를 휘두르자 인간이 만들어낼 수 있는 가장 강력한 뇌기가 십여 장을 섬전처럼 뻗더니 거대한 암벽을 강타했다.

쾅!

굉음이 천지를 뒤흔들었다.

"한 식경 만에 올라와 놓고는 저게 뭔 지랄이여?"

멀리서 지켜보던 탁일도가 못마땅한 듯 중얼거렸다.

하나 얼굴에 가득한 놀람은 지울 수가 없었다.

거대한 암벽이 도끼질을 당한 듯 쩍 갈라져 있으니 어찌 경악하지 않을까.

'괴물 같으니! 어쨌거나 이제 모든 준비가 끝난 것 같군.'

탁일도의 입가에 미소가 번졌다.

*   *   *

천하영웅맹 원로원.

"도패가 당했다는 게 사실인 모양이오."

칠 척에 가까운 장대한 체구의 거령신(巨靈神) 반고후가 일반 어른의 두 배 가까이 될 정도로 거대한 주먹을 움켜쥐며 말했다.

좌중은 찬물을 끼얹은 듯 조용했다.

충격을 받은 것이다.

벽력도패가 누군가?

원로원을 이끌고 있는 십주의 일인이 아니던가.

그것도 십주 중 대여섯 번째 정도로 강할 거라는 게 원로들의 판단이었다.

"천뢰장에 당했다던가?"

"천뢰장의 흔적이 발견된 모양인데, 강전도 박혀 있었다고 하오."

"강전?"

"손바닥만 한 크기라고 한 것으로 보아 쇠뇌였던 모양이오."

"천하의 도패가 한낱 쇠뇌에 당했단 말인가?

"바다였소."

"바다가 아니라 지옥이라 한들 쇠뇌가 가당키나 한 말이오?"

맞는 말이다.

어찌 쇠뇌 따위의 쇠붙이에 당한단 말인가?

십주에 속하지 않는 일반 원로들도 해당 사항이 없는 일이다.

하나 세상에는 예외라는 게 있게 마련인 법이고, 십전철가에서 만든 귀궁노(鬼弓弩)는 일반 철방에서 만든 쇠뇌와는 속도와 관통력에서 큰 차이가 났다. 배는 더 빠르고, 무쇠를 뚫어버릴 정도로 엄청난 관통력을 자랑했다.

게다가 귀궁노를 사용한 이가 철혼이었다. 전장을 아귀처럼 휩쓸고 다녔던 흑수라였다.

더 이상 무슨 설명이 필요할까?

원로들은 마땅히 경계해야 했다. 그러나 자신들의 권위와 무위를 절대적으로 과신하는 원로들이 그러한 것을 받아들일 리가 없었다.

"누가 목격했다고 하더이까?"

"벽력각의 아이들이 지켜보았다고 하는데, 바닷물에 잠기는 상황이라 정확히 보지 못했다고 하오."

"물속에서 싸웠단 말이오?"

"그런 게 아니라……."

반고후는 보고 받은 내용을 원로들에게 상세히 설명했다.

흑수라가 배를 침몰시켰고, 도패와 격전을 벌였다.

분명 흑수라가 밀리는 싸움이었는데, 마지막 격돌의 결과는 완전히 달랐다.

도패의 가슴이 강전이 박힌 채로 완전히 박살이 나 있었다.

이것이 보고 받은 내용의 핵심이었다.

"흑수라 놈이 바닷물에 잠긴 틈을 타 뭔가 야료를 부린 모양이군."

흑뢰신(黑雷神) 악사무가 낮은 목소리로 말했다.

악사무 역시 십주의 일인이었다.

"야료? 야료 따위에 도패가 당했단 말이오?"

"하면 흑수라가 실력으로 이겼단 말이오?"

반고후의 반문에 악사무가 물음으로 대꾸했다.

반고후의 눈썹이 꿈틀거렸다.

"흑뢰신께서는 사태의 심각성을 깨닫지 못한 모양이구려?"

"심각성? 거령신께서 너무 민감하게 받아들인 건 아니오?"

"이보시오 흑뢰신! 도패가 당했소. 천하에 그 어떤 잡놈이 야료나 술수 따위로 도패를 죽일 수 있단 말이오?"

"하면 흑수라라는 잡놈이 도패를 죽일 정도로 강해졌단 말이오? 지금 그게 말이 된다고 보시오?"

말이 안 된다.

당연히 말이 될 수가 없다.

이제 약관을 갓 넘은 것으로 알려진 놈이 어찌 자신들과 어깨를 나란히 할 수 있단 말인가.

전임 맹주인 백학무군(白鶴武君)의 범천천뢰신공(梵天天雷神功)을 고스란히 넘겨받았다 해도 마찬가지다.

아이에게 신검을 쥐어준다고 해서 아이가 신검을 자유자재로 부릴 만큼 강해지지 못하는 것과 마찬가지 이치다.

반고후는 눈썹만 꿈틀거릴 뿐 더 이상 대꾸를 할 수가 없었다.

그때였다.

"거령신께서 하신 말씀을 생각해 볼 필요가 있을 것 같소."

철혈무검(鐵血武劍) 사중천이 낮은 목소리로 말했다.

사중천은 광동성 양산에 있는 철혈문의 태상문주로 그 역시 십주의 일인이었다.

"무슨 생각을 해보자는 거요? 설마 거령신께서 염려하신 대로 흑수라가 우리와 나란히 할 정도로 강하다고 믿는 것이오?"

다소 빈정거리는 투로 말하는 이는 철인가(鐵人家)의 금강철패(金剛鐵覇) 적무교였다.

그 역시 십주의 한 사람으로 이제(二帝) 중 숭검제(崇劍帝) 계파였다.

거령신 반고후와 철혈무검 사중천은 반대로 적도제(赤刀帝) 계파였고, 흑뢰신은 적무교와 마찬가지로 숭검제를 따랐다.

"벽력각의 아이들이 뇌전을 보았다고 하질 않소?"

"그게 어쨌다는 거요?"

"지상에서라면 뇌기의 움직임을 차단할 수 있지만, 물속이라면 다르오. 강기막을 펼치지 않는 이상 뇌기를 차단할 수 없소."

"……?"

"이해를 못하는 모양인데, 물속에서는……."

"이해했소."

"그렇다면 내가 말하고자 하는 바를 알겠구려?"

"뇌기가 침투하여 도패를 흔들었고, 그 틈에 쇠뇌를 발사했을 거라는 거 아니오?"

"바로 맞추었소."

"그게……."

"가능할 거냐고 묻기 전에 한 번 생각해 보시오. 금강철패께서 흑수라를 상대한다면 놈이 쇠뇌 같은 암기를 가지고 있을지 경계하겠소? 그래서 강기막을 펼치며 상대할 거요?"

"누가 암기 따위를 경계한단 말이오?"

"도패께서도 경계하지 않았을 것이오."

방심이 화를 불렀을 거라는 추측이다. 거기에는 흑수라의 더러운 암계가 불운하게 작용했을 것이고.

"그래서 무검(武劍)께서 하고 싶은 말이 뭐요?"

"흑수라 놈의 무공은 부족하지만, 살인 능력만큼은 우리에게 육박할 정도로 강해졌다고 보고 방심해서는 안 된다는 말을 하고 싶소."

"수긍할 수 없소."

"수긍해야 할 거요. 도패께서 당했다는 걸 받아들이고, 놈을 얕잡아보는 우를 범해서는 아니 될 것이오."

금강철패 적무교는 코웃음치고 싶었지만, 이는 도패의 죽음을 비웃는 것 같아 그냥 입을 다물었다.

　"벽력각의 아이들은 언제 당도한답니까? 좀 더 자세히 물어보면 정황을 제대로 파악할 수 있을 것 같은데 말이오."

　잠깐의 침묵을 깨고 흑뢰신 악사무가 말을 꺼냈다.

　사실 그가 보고 싶은 건 도패의 시신이었다.

　시신을 살펴본다면 좀 더 명확하게 알 수 있을 터였지만, 벽력도문에서 시신을 내놓을 리가 없었다.

　"그들은 오지 않고 있소."

　"오지 않는다니, 그게 무슨 말이오?"

　"벽력도문의 전 전력이 절강성 진해로 향하고 있소. 문주는 물론이고 뇌전도(雷電刀) 역시 합류한 모양이오."

　뇌전도는 벽력도패 화경홍의 동생으로 벽력도문에서 화경홍 다음으로 강한 고수였다.

　"흑수라와 흑영대를 일망타진이라도 하겠답니까?"

　"도패가 죽었으니 당연한 일이 아니오?"

　"그야……."

　맞는 말인지라 아니라고 할 수가 없다.

　입장을 바꿔 흑뢰신 악사무가 당했다면 뇌격흑룡가(雷擊黑龍家) 역시 벽력도문과 같은 움직임을 보일 것이다.

　"벽력도문 전체가 나섰다면 흑수라와 흑영대는 그쪽에 맡겨두면 되겠구려."

　"지금 손을 떼자는 말이오?"

　금강철패 적무교의 말에 반고후가 버럭 소리를 질렀다.

벽력도패가 적도제 계파이니 숭검제 계파에서는 한발 물러나 수수방관하려는 건 아닌지 의심이 들었다.

"더 중요한 일이 있으니 도리가 없잖소?"

"더 중요한 일? 대체 그게 무엇이오?"

"맹주를 새로 뽑아야 할 것이 아니오?"

"그거야 적도룡(赤刀龍)과 백검룡(白劍龍)을 포함한 오룡(五龍) 중에서 뽑기로 했잖소."

오룡(五龍)은 십주(十柱)의 후인 중 특히 뛰어난 다섯을 가리킨다.

십주들과 원로원은 맹주를 내치기로 결정한 오래전부터 자신들이 아닌 후인 중에서 신임 맹주를 뽑기로 의결한 바 있었다.

"뽑는 거야 우리들이 한다지만, 본 맹의 맹주를 선출하는 행사이니 대대적으로 알릴 필요가 있지 않겠소?"

상황이 그래서 그렇지 틀린 말은 아니다.

반고후는 입안에 껄끄럽게 걸리는 말을 내뱉어 버리고 싶지만, 결국 참아야 했다.

이때 한 사람이 자리에서 일어나 큰 소리로 말했다.

"맹주 선출 이야기가 나와서 하는 말인데, 이번엔 모두가 보는 자리에서 신룡대전이라도 벌이는 게 어떻겠소?"

평소 원로원에서 입을 열지 않던 조양팔비(朝陽八飛) 언백이었다.

모두들 놀라는 표정으로 바라보았다.

신룡대전을 벌이자는 건 십주들이 선출하는 걸 반대한다는 뜻이기 때문이다.

"신룡대전? 비무대회라도 열자는 것이오?"

금강철패 적무교가 팔짱을 끼며 물었다.

두 눈에서는 스산한 빛이 감도는 것으로 보아 심히 못마땅해하는다는 걸 알 수 있었다.

하나 언백은 담담한 투로 계속 말했다.

"그것이 잡음을 미연에 방지하는 가장 적합한 방법이지 않겠소?"

"잡음? 누가 감히 원로원에서 하는 일에 잡음을 일으킨단 말이오?"

"십주의 한 축이 무너졌거늘 원로원의 권위가 의심받지 않는다고 누가 장담할 수 있겠소?"

"누구든 나서보라고 하시오. 내 당장……."

"당장 입을 다물게 만들겠다는 말이오? 그게 권위를 세우는 것이오? 그건 하류잡배들의 폭력에 지나지 않소."

"말을 삼가시오!"

"이유야 어찌 되었든 사도천과 내통하는 자가 있다는 허언에 속아 맹 내에 자중지란을 일으키고 있다는 명목으로 각 부처와 원로원의 중론을 모아 전임 맹주를 하야시킨 우리요. 그런 마당에 신임 맹주를 뽑는 자리가 십주의 후예들로만 채워진다면 이만에 달하는 본 맹의 민의를 어찌 다 모은 것이라 할 수 있겠소? 필시 잡음이 끊이지 않을 것이 분명하니 미연에 방지하기 위해서라도 맹주 위에 도전하는 자격을 좀 더 낮추는 것이 어떨까 하오."

언백의 장황한 말이 끝나자 적무교의 미간이 확 찌푸려졌다.

"지금 그걸 말이라고······."

"말이 안 될 게 무에 있겠소? 적어도 각 부처에서 선출한 자와 원로원에 적을 둔 분들이 천거한 자라면 그 신분에 관계없이 도전할 자격을 주는 것이 형평성에 맞을 것이며 그것만이 후일 있을지도 모를 잡음을 미연에 방지하는 것이 될 거라 믿소."

언백이 힘주어 말했고, 적무교의 미간이 더욱 찌푸려졌다.

바로 그때 일양검절(日陽劍切)을 비롯한 몇 사람이 언백의 말에 동조하고 나섰고, 장내가 술렁이던 중 진천패장(震天覇掌)이 의미심장한 선언을 하기에 이르렀다.

"본인은 감찰부와 집법부가 의결을 하나로 모은 흑운감찰단주 소면검(笑面劍) 양교초를 후원하기로 결정하였으니, 소면검 양교초를 오룡과 함께 각축을 벌일 수 있도록 해주시오. 이것은 원로원의 원로 십 인이 공동으로 요구하는 사항이니 원로원의 법규에 따라 공식 안건으로 논의되기를 바라오."

좌중이 또 한 차례 술렁였다.

그러한 가운데 십여 명은 고개를 끄덕이며 이미 알고 있었다는 태도를 보였다.

적무교는 있는 대로 인상을 썼고, 반고후는 이걸 어떻게 받아들여야 할지 머리가 지끈거렸다.

'환부를 도려냈더니, 이젠 제 잘났다고 분열인 것이냐!'

흐름이라는 건 어디에나 있다.

사람 사는 세상이라고 다르지 않다.

천하영웅맹 내에서 절대의 권력을 휘두르는 십주들이지만, 원로원의 일부 원로와 각 부처의 수장 일부가 일으킨 흐름은 권위로 무시하고 깔아뭉갤 만한 것이 아니었다.

그것이 불러올 후폭풍이 어떠할지 능히 짐작이 갔기 때문이다. 게다가 십주들이 손을 쓰기도 전에 각 부처에서 추천하는 이라면 누구라도 맹주 자리에 도전할 수 있다는 소문이 이미 천하영웅맹 곳곳에 파다하게 퍼져 버린 상황이었다.

십주들은 노발대발했지만, 이미 돌이킬 수 없는 흐름이 된 후였다.

권위로 찍어 눌렀다간 허수아비 맹주를 내세우고 자신들이 전권을 휘두르려고 한다는 의심을 받을 터였다. 전임 맹주를 하야시킨 것도 그런 것이 아니겠냐는 목소리가 여기저기서 들려올 것이 자명했다.

결국 십주들은 그 흐름을 인정할 수밖에 없었다.

―천하영웅맹의 맹주 자리는 천하를 경영하는 자리다. 인품이 인정되고, 사마외도의 무리를 척결할 만한 무공을 갖춘 이라면 누구라도 그 자격이 있다 할 수 있다. 하니 각 부처에서 천거하는 이는 물론이고, 본 맹에 적을 두고 있는 문파에서 추천하는 이라면 그 신분이 확실한 자에 한해 맹주 자리에 도전할 자격을 주겠으니, 석 달 후에 있을 천룡대제전에 출사하도록 하라.

원로원에서 공식으로 발표한 내용이었다.

천하영웅맹은 크게 술렁거렸다.

누가 도전할 것인지와 누가 신임 맹주가 될지에 관심이 급속도로 커졌다. 그러한 가운데 막 번지기 시작하던 벽력도패가 죽었다는 풍문은 소리 없이 사라져 버렸다.

시간은 빠르게 흘렀다.

석 달이 강물처럼 소리 없이 흘러갔다.

천하영웅맹은 천룡대제전을 준비하느라 어수선할 정도로 바빴다.

천하영웅맹의 대권을 노리고 출사표를 내던진 이만 십여 명에 달했고, 그들의 최측근들은 여기저기 돌아다니며 후원을 청하느라 바빴다.

그러나 가장 유력하다고 알려진 이제(二帝)의 후예들은 폐관이라도 하는지 단 한 번도 얼굴을 드러내지 않았다.

천하각지에서 구경꾼들이 천하영웅맹이 있는 호북 무한으로 쉴 새 없이 몰려들었고, 거리마다 사람들로 포화 상태에 이르렀다.

하나 대륙의 땅덩어리는 한없이 넓어 천하영웅맹의 천룡대제전에 무관심한 곳도 천지였다.

호북성과는 달리 조용하기만 한 광동성.

복건성과 인접한 산두(汕頭)의 포구에 한 척의 선박이 닻을 내리고 있었다.

주산군도에서 출발한 선박이었다.

5장

흑수라의 강림

　천화루(天花樓).

　광동성 용문제일이지만, 광동제일은 되지 못하는 그럭저럭 괜찮은 기루다.

　하나 근자에 명주(名酒)에 목숨을 거는 주객들과 꽃에 환장하는 탐화꾼들이 벌 떼처럼 몰려들고 있었다.

　시중에 흔히 떠도는 죽엽청(竹葉淸)이 아닌 진짜 이슬을 받아만든 죽엽청로주(竹葉淸露酒)를 팔고 있다는 소문과 광동제일미가 천화루로 올 거라는 소문이 퍼졌기 때문이다.

　사진룡 역시 그런 탐화꾼 중의 하나였다.

　"조주지방의 자존심이라고 알려진 은소봉이 천화루로 온다니 정말 놀라운 일이야."

　광동성의 해안을 따라 북상하다 보면 복건성과 경계하는 곳이 있는데, 그 일대를 조주지방이라고 한다.

광동제일미 은소봉은 조주지방의 해안도시인 산두에서 최고의 기루라고 명성이 자자한 조주향루(潮州香樓)의 기녀로 십오 세인 오 년 전부터 광동제일미로 각광받았다.

조주향루의 루주는 장사꾼의 기질이 뛰어나다고 알려진 조주지방의 상인답게 은소봉을 이용하여 막대한 부를 축적했다.

굳이 대도시로 진출하여 위험을 무릅쓰지 않고도 탐화꾼과 주객들 스스로가 몰려오게 만들었다.

은소봉이 조주지방의 자존심이라 불리게 된 것도 다 루주의 잔머리 덕분이었다.

작금 천하에 세상을 떨쳐 울릴 만한 뛰어난 무장이나 문장가가 나오지 않고 있는 것을 이용하여 은소봉의 미모야 말로 천하에 내세울 수 있는 조주지방의 유일한 자존심이라는 소문을 퍼뜨렸다.

그 말을 받아들인 조주지방의 사람들은 외지로 나가게 되면 은소봉의 미를 찬양하고 설파하기 일쑤였고, 그 결과가 광동제일미라는 칭호였다.

그런 은소봉이 용문으로 온다는 건 조주향루가 용문으로 진출했다는 걸 의미했고, 이는 곧 더 큰 규모로 도약하기 위한 발판을 용문에 마련했다는 걸 의미했다.

'은소봉을 품에 안으면 조주향루는 내 것이나 다름없다.'

술과 몸을 파는 기녀는 반드시 사내에게 몸을 허락해야 한다. 흔히 머리를 틀어 올린다는 말이 바로 그것을 의미한다.

그러나 은소봉은 기녀이면서도 여태 머리를 틀어 올리지 못했다.

아니, 못했다기보다는 그렇게 하지 않았다는 말이 옳다.

대외적으로는 그녀가 인정할 만한 사내가 없어서라고는 하지만, 결국 그녀가 선택을 하지 않은 것일 뿐이다.

'설마 철혈문의 이 공자인 날 거부하지는 못하겠지. 그랬다간 다시 조주지방으로 돌아가야 할 터.'

철혈문이라는 든든한 배경에 광동의 후기지수 중 몇 손가락 안에 드는 실력자인 자신을 어느 여자가 거부할 수 있겠는가. 그것도 일개 기녀 따위가.

사진룡은 입가에 진한 미소를 지었다.

오늘 밤은 광동제일미를 품에 안고 내일은 조주향루를 손에 넣겠다는 꿈에 부풀었다.

"여봐라. 밖에 누가 있느냐!"

사진룡이 소리치자 밖에 대기하고 있던 시녀가 서둘러 안으로 들어왔다.

어깨를 비롯한 상반신의 절반 가까이를 드러내고 있어 시비라기보다는 기녀에 가까운 복장이었다.

"찾으셨습니까?"

잰걸음으로 다가와 허리를 숙이니 젖가슴의 깊은 골이 적나라하게 눈에 들어왔다.

사진룡의 음심이 들썩 고개를 쳐들었다.

"소봉은 아직 당도하지 않은 것이냐!"

"아가씨께서는 한 식경 전에 당도하신 걸로 압니다."

"그럼 여태 무얼 하고 있다는 것이냐!"

"거기까진 소녀도… 가서 알아보도록 하겠습니다."

시비가 대답하며 나가려고 하자 사진룡이 급히 막았다.

"아니, 넌 이곳에 있고, 허경, 자네가 가서 루주를 만나보도록
하게."

"알겠습니다."

사진룡의 말에 뒤쪽에 대기하고 있던 검객이 허리를 숙이고
는 밖으로 나갔다.

문이 닫히자 사진룡은 자리에서 일어나 자신의 바지를 끌어
내려 양물을 꺼내며 도로 자리에 앉았다.

"뭘 멀뚱히 보고만 있는 게냐!"

사진룡이 호통을 치자 시비가 화들짝 놀라는 반응을 보이더
니 자신의 옷을 벗으려고 했다.

"아주 지랄을 해라. 네까짓 게 감히 그럴 자격이 있다고 생각
하느냐?"

사진룡의 호통에 시비가 겁먹은 얼굴로 쳐다보기만 했다.

"이런 멍청한 계집 같으니, 대체 교육을 어떻게 받은 거야!"

사진룡이 다시 호통을 치며 옆에 있던 물 주전자를 집어던졌
다.

어찌나 세게 던졌는지 젖가슴을 맞은 시비가 크게 휘청거렸
다.

"이리 와!"

사진룡의 호통에 시비가 재빨리 다가왔다.

"꿇어."

시비가 무릎을 꿇었다.

사진룡은 시비의 머리채를 붙잡아 자신의 양물 쪽으로 끌어
당겼다.

"미식가는 전채를 놓치지 않는 법이지."

뜨겁고, 매끄러운 느낌.

사진룡의 입가에 만족한 미소가 매달렸다.

잠시 후.

사진룡은 길길이 날뛰었다.

전채를 듬뿍 맛본 사람답지 않았다.

먼지를 잔뜩 뒤집어쓰며 하루를 달려왔더니, 은소봉이 아직
도착하지 않았다고 하여 하루를 묵으며 기다렸다.

그런데 한 식경 전에 도착했다는 은소봉이 자신이 아닌 다른
놈의 시중을 들고 있다고 하니 어찌 가만히 있겠는가.

"어디야? 안내해!"

사진룡이 폭발하기 직전의 모습으로 소리쳤다.

사진룡의 호위무사인 허경은 한 차례 고개를 숙인 후 문을 활
짝 열고 밖으로 나갔다.

허경이 앞서고 사진룡이 쿵쿵거리며 뒤를 따랐다.

회랑을 따라 거침없이 가다 보니 얼굴에 분칠을 한 중년 미부
가 화들짝 놀라 달려왔다.

"어이쿠, 사 공자님, 이러시면 안 됩니다."

"비켜!"

사진룡은 중년 미부를 거칠게 밀어제쳤다.

그러나 중년 미부가 완강히 버텼다.

"기루의 계집일지라도 딱 한 번 사내를 고를 자격이 있습니다."

"뭐?"

"그 아이의 선택을 존중… 악!"

중년 미부가 비명을 지르며 난간 아래로 추락했다.

극도로 화가 난 사진룡이 내력을 실어 중년 미부의 뺨을 거칠게 가격한 것이다.

흠칫한 사진룡이 난간 아래를 내려다보니 삼 층에서 추락한 중년 미부가 대자로 뻗어 있었다.

머리 아래로는 붉은 피가 흥건했다.

아무래도 즉사한 모양이었다.

허경이 아래로 내려가기도 전에 기루의 사람들이 대거 몰려와 중년 미부를 들쳐 업고 의원을 부르며 밖으로 달려가 버렸다.

"감히… 이것들이 감히!"

그럼에도 흥분을 가라앉히지 못한 사진룡은 가던 길을 계속 갔다.

회랑 끝에 특실 중의 특실이 보였다.

천중화람(天中花覽).

천중의 꽃, 천하제일미를 볼 수 있는 곳이라는 뜻이다.

사진룡은 당황하는 시비들 사이를 성큼성큼 지나쳐 눈앞의 문을 활짝 열어젖혔다.

순간 드러난 광경.

광동요리의 경합장인 듯 온갖 산해진미가 가득 차려져 있었다.

그야말로 호화롭게 차려진 술상.

그러나 사진룡의 눈에 들어온 건 산해진미가 아닌 일남일녀였다.

빛나고 아름답게 궁장을 하고 있는 여인.

옆모습만으로도 사진룡의 시선을 단박에 사로잡았다.

부드럽게 그려진 얼굴선과 백옥처럼 하얀 살결, 그리고 붉게 물든 입술.

절대의 경지에 오른 화공이 붓을 들어도 이보다 단아하지는 못할 것이다.

사진룡의 시선이 움직였다.

자신을 똑바로 바라보고 있는 사내가 보였다.

이렇다 할 특별할 것도 없는 평범한 외모였다.

사내답게 각진 턱 선과 유리알처럼 번들거리는 눈빛, 그리고 그 아래 흉측하게 매달린 상흔이 예사로운 놈이 아니라는 걸 알려주었지만, 철혈문의 이 공자인 자신에 견줄 바는 못 되었다.

배경이면 배경, 무공이면 무공, 거기에 외모까지.

어느 것 하나 자신에 비해 현저히 떨어지는 비루한 놈이 감히 한 손으로 술잔을 들고 있었고, 그 술잔에 술을 따라주고 있는 이는 다름 아닌 은소봉이었다.

그것이 사진룡을 더욱 돌게 만들었다.

"너 뭐야? 뭐하는 놈이냐?"

사진룡이 성큼 발을 내디디며 소리쳐 물었다.

"술맛 떨어지는군."

나직한 한마디가 사내의 입에서 흘러나왔다.

"술맛이 떨어져?"

사진룡의 눈이 급격히 커졌다.

팽창한 동공 안쪽으로 살기가 내비쳤다.

더 이상 참을 수 없는 인내의 한계를 벗어난 순간이다.

"이런 비루한 새끼가!"

고함과 동시에 검을 뽑았다.

쉬— 앗!

날카로운 파공음에 살기가 요동쳤다.

그래도 허투루 수련하지는 않은 모양이다. 화를 못 참아 살인을 저지를 생각은 없는 모양인지 술잔을 들고 있는 사내의 손을 노렸다.

'다시는 술잔을 들지 못하게 만들어주마!'

죽이지는 않겠지만, 손을 잘라 버릴 생각이다.

그러나 결과는 그의 생각대로 되지 않았다.

"……!"

사진룡의 검이 탁자에 박혔다.

요리를 담고 있던 그릇을 깨끗하게 가른 검날이 탁자에 깊숙이 박혀 옴짝달싹 하지 않았다.

"이, 이익!"

눈을 부릅뜨고 안간힘을 쓰는 사진룡.

사진룡의 얼굴이 흠칫 굳었다.

탁자를 완전히 가르지 못할 수는 있다. 하지만 검을 뽑지 못한다는 건 있을 수 없는 일이다.

검이 뽑히지 않는 데엔 다른 이유가 있다.

사진룡은 그 이유를 자신의 검을 지그시 누르고 있는 사내의 손에서 찾았다.

"강호무림에서 되돌릴 수 없는 게 두 가지가 있지."

굵직한 사내의 음성에 막 움직이던 허경이 걸음을 멈추었다.

사진룡 역시 검을 뽑던 것을 멈추고 사내의 얼굴을 바라봤다.

태연자약.

자신의 손을 자르고자 검이 날아들었음에도 전혀 흔들리지 않은 눈빛으로 가만히 응시하고 있었다.

'고수?'

이제야 사진룡의 이성이 되돌아왔다.

하나 이미 엎질러진 물이었다.

"그게 뭔지 아나?"

사내가 물었다.

사진룡은 대답 대신 다른 고민을 했다.

검을 놓고 물러날까? 아니면 상을 뒤엎어서라도 검을 뽑을 까?

그때였다.

사진룡의 대답을 기대하지 않았는지 사내가 곧바로 입을 열 었다.

"하나는 이미 내뱉은 말이고, 또 하나는 이미 휘둘러 버린 검 이다. 근데 넌 두 가지를 다 저질렀다. 결코 되돌릴 수 없는 두 가지를."

"그만하시오. 이분은 철혈문의 이 공자 되시는 분이오."

허경이 서둘러 끼어들었다.

사내의 눈길이 허경에게로 움직였다.

"뭘 그만하라는 것이지?"

"뭐든 다 그만하시오."

"재밌군. 자기들 멋대로 뛰어들어 와 검을 휘두른 주제에 그만하라?"

"그렇소. 그만하시오."

"철혈문의 이 공자이니 알아서 물러나라는 말이군."

"좋은 게 좋은 법이오."

"좋은 게 좋은 법이다? 내가 좋은 게 무엇이지?"

"그건……."

허경이 사내와 대화를 나누는 모습에 사진룡은 사내에 대한 경계심을 지웠다.

말이 많아진다는 건 공격할 의사가 없다는 것이고, 공격할 의사가 없다는 건 이쪽의 신분을 인정한다는 의미였다.

사진룡은 은소봉에게로 시선을 돌렸다.

"날 기만하는 것이냐?"

사진룡의 분한 목소리에 은소봉의 시선이 그에게로 향했다.

별빛을 담은 듯 초롱초롱한 눈빛이 무척 인상적이었다. 그리고 곱고 하얀 얼굴에 궁장이 너무나 잘 어울려 사진룡의 가슴을 격탕시켰다.

"기만은 이 공자께서 하고 계십니다."

"뭐?"

"이분과는 이미 선약이 되어 있었고, 이 공자와는 아무런 약조가 없었던 것으로 압니다."

"널 만나기 위해 하루를 달려왔고, 또한 하루를 꼬박 기다렸다."

"약조는 없었지요."

"루주에게 널 만나겠다고 하였다."

"루주께서 뭐라고 하시던가요?"

"오늘 도착하면 여독을 풀어야 하니 내일이나 모레쯤 볼 수 있을 거라고 하였다."

"맞습니다. 내일이나 모레쯤 볼 수 있을 거라고 하였는데, 그걸 듣고도 이 공자께서는 시간을 잡지 않으시고 막무가내로 기다린다고만 하였다지요?"

"지금 이게 여독을 푸는 것이냐?"

"선약이 있었다고 말씀드렸습니다."

"선약은 무슨 선약, 이런 놈이 나보다 우선이란 말이냐! 그걸 지금 말이라고 하는 것이냐!"

"한 번 내뱉은 말은 다시 되돌릴 수 없다는 말씀을 잊으셨군요. 소녀 더 이상 이 공자님을 지켜 드릴 수가 없게 되었습니다."

"뭐?"

사진룡은 황당하다는 표정을 지었다.

하나 곧 은소봉의 말뜻을 알아들었다.

은소봉이 잡고 있던 사내의 팔에서 손을 떼었던 것이다.

그것이 의미하는 바는 하나다. 사내가 손을 쓰려는 것을 은소봉이 가까스로 막았는데, 또 한 번 말실수를 하였으니 더 이상

막을 수가 없다는 뜻이다.

"이것들이 정말……."

사진룡이 부아를 터뜨린 순간 사내의 손이 움직였다.

사진룡이 뭘 어찌하기도 전에 '픽!' 소리와 함께 머릿속에 불이 번쩍였다.

사내가 던진 술잔이 사진룡의 이마를 강타한 것이다.

"물러나십시오!"

허경이 소리치며 달려들었다.

그의 검이 벼락처럼 사내를 찔러갔다.

쩌어엉!

허경의 검이 경련하듯 떨어 울었다.

사내가 술 주전자로 후려친 때문이다.

자신의 공격을 술 주전자 따위로 막아버린 것에 깜짝 놀라는 허경, 곧바로 이 검을 그어보지만 다시 한 번 '쩌어엉!' 하는 기음이 들리더니 술 주전자가 그의 안면을 강타했다.

'이런 말도 안 되는…….'

허경이 술상을 뒤엎고 고꾸라졌다.

"끌고 가."

사내의 음성이 들렸다.

호흡 하나 흐트러지지 않은 담담한 음성이었다.

'끌고 가라고? 어디로……?'

허경의 생각이 점차 흐릿해졌다.

*   *   *

칠살방(七殺幇).

용문의 밤거리를 지배하고 있는 흑도방파.

칠살방주 육홍은 육십대 노인이었다.

계집질을 즐겨하는 육홍은 평소 정력에 좋다는 건 가리지 않고 먹었다. 그 덕분인지 육십의 나이에도 왕성한 정욕을 자랑했다.

"으학! 으학! 으학!"

오늘도 육홍의 침실에서 소녀의 신음이 들린다.

대낮임에도 불구하고 질펀한 정사가 한창이다. 간밤에 맛보았던 나이 어린 육신이 워낙 특별했던 탓에 점심을 거르고 또다시 탐하고 있었다.

가는 듯 매끄러운 몸매에도 불구하고 손안에 가득 붙잡힌 젖가슴과 아랫배에 가득 밀착되고 있는 둔부가 십오 세 소녀의 것이라고 보기 어려웠다.

"제발!"

소녀가 애원했다.

그렇다. 이건 정사가 아니라 겁간이다.

간밤에 여인의 순결을 짓밟힌 소녀는 절망했다. 절망의 나락에서 허우적거렸건만, 이렇게 또다시 짓밟히고 있으니 이대로 죽을 것 같다는 두려움이 엄습했다.

"이년아, 죽기 싫으면 어서 몸부림쳐 봐라. 가만히 있으니 재미가 없지 않느냐!"

소녀에게 육홍은 악마다.

어린 소녀가 악마 앞에서 어찌 몸부림을 칠까.

"이년아! 어젯밤처럼 해보란 말이다!"

엉덩이를 소리 나게 후려친 육홍이 소녀와 하나인 채로 벌떡 일어났다. 그리고 소녀의 몸을 벽으로 처박으며 뒤에서 더욱 사납게 밀어붙였다.

"소리라도 질러라! 어서!"

육홍의 손바닥이 소녀의 등짝을 후려쳤다.

"아악!"

소녀가 고통에 비명을 질렀다.

"그래, 그거다. 그렇게 소리를 지르란 말이다."

육홍이 흥분하여 소리치며 계속 후려쳤다.

그때였다.

쾅!

출입문이 굉음과 함께 박살이 났다. 그리고 시커먼 인영이 안으로 불쑥 들어왔다.

"이런 늙어빠진 개뻑다귀가 대낮부터 사람을 물고 지랄이냐!"

분노 가득한 욕설과 함께 한줄기 검은 바람이 불어 닥쳤다.

육홍이 이게 뭐냐는 표정을 짓는 순간 시커먼 철곤이 그의 두개골을 강타했다.

빠악!

육홍은 비명조차 지르지 못하고 그 자리에 고꾸라졌다.

장대한 체구의 육홍이 고꾸라지자 소녀 역시 함께 쓰러지려고 했다.

순간 손 하나가 불쑥 튀어나와 소녀의 육신을 낚아채더니 침상으로 성큼 걸어가 이불로 감싸주었다.

"겁먹지 마라. 저놈은 염라왕 앞에서 벌을 받을 테니까 더 이상 널 괴롭히지 못할 거다."

털북숭이 장한이 그와 같이 말했지만, 겁에 질린 소녀는 그만 혼절하고 말았다.

"여령!"

탁일도가 하여령을 불렀다.

하나 하여령은 돌아보지도 않고 쓰러져 있는 육흥에게 다가가더니 축 늘어져 있는 양물을 힘껏 밟아버렸다.

"크악!"

기절했던 육흥이 상체를 벌떡 일으켰다.

순간 하여령의 주먹이 육흥의 얼굴을 정면에서 강타했다.

퍽!

육흥은 그대로 뒤로 넘어가 버렸다.

"늙은 개새끼가 왜 애를 괴롭히고 지랄이야!"

하여령이 씩씩거리며 욕설을 내뱉었다.

*   *   *

이 공자 사진룡이 괴한들에게 붙잡혔다는 보고에 철혈문이 발칵 뒤집혔다.

철혈문의 후계자인 사천룡에 비해 무공이면 무공, 행실이면 행실, 어느 것 하나 비교할 수 없을 정도로 뒤떨어져 찬밥 신세라고는 하나 이 공자 사진룡 역시 철혈문의 핏줄이었다.

잘잘못을 떠나 철혈문의 이 공자를 건드린다는 건 철혈문에 대한 도전이었다.

"광동성에서 감히 본 문을 도발하는 자가 있단 말이냐? 그자들이 누구이든 간에 철혈문의 이름을 똑똑히 알려주도록 하라!"

서릿발 같은 위엄이 크게 격분하였다.

철혈패검(鐵血覇劍) 사후량.

철혈문의 문주였다.

그는 사람을 압도하는 눈빛으로 철혈문의 수뇌들을 내려다보며 엄명을 내렸다.

"제가 다녀오도록 하겠습니다."

철수검 유장해가 허리를 숙이며 청했다.

지난번 흑수라와 흑영대를 놓친 일을 만회하고 싶은 심산이 엿보였다.

당시의 일은 어찌 보면 능력 밖의 일이었다.

철혈문의 팔숙(八宿) 중 두 번째로 강하다는 추혼무창(追魂武槍)이 가슴이 갈라져 죽을 정도라면 유장해가 감당할 수 없는 일이다.

직접적인 질책이 떨어지지 않은 건 그래서다.

하나 흑수라와 흑영대를 놓쳤다는 것에서 완전히 자유로울 수는 없었다.

벌써 몇 달이 흘렀건만, 그날 이후 문주는 눈길 한 번 주지 않았다. 그게 무슨 뜻이겠는가? 못마땅하는 뜻이 아니겠는가.

당시 함께 움직였던 사천룡이 폐관수련을 하는 바람에 어디

하소연할 데도 없는 유장해였다.

"세 번째라는 걸 아느냐?"

문주가 물었다.

유장해는 움찔했다.

'세 번째라고?'

납득이 가지 않았으나 반문은 있을 수 없는 일.

하나 의아해한다는 걸 문주가 눈치챈 모양이다.

"광주에서 쫓겨 온 일을 벌써 잊은 게냐?"

"아닙니다."

유장해가 머리를 깊이 숙였다.

'망할 놈!'

유장해는 흑수라를 욕했다.

그러고 보니 두 번 다 그놈 때문에 벌어진 일이었다.

"철혈참마대와 함께 가라. 송백(松柏)과 철포(鐵布) 두 분도
모셔 가라. 더 필요한 게 있느냐?"

흑수라와 흑영대를 뒤쫓다가 절반 가까이 줄어버린 철혈참마
대. 그리고 흑수라를 상대로 무기력한 모습을 보였던 송백과 철
포.

문주는 당시의 사람들에게 기회를 주고자 함이었으나 유장해
는 왠지 불안감이 치밀었다.

그렇다고 불안하니 다른 분들을 붙여달라고 할 수는 없는 일.

"명을 완수하여 이 공자를 무사히 데려오겠습니다."

"진룡이 놈이 피 한 방울 흘리지 않도록 해라."

마지막 기회라는 뜻.

유장해의 허리가 다시 한 번 접어졌다.

"존명!"

*　　　*　　　*

"몇 명이지?"

"일곱입니다."

철혼이 물었고 섭위문이 대답했다.

철혈문의 이 공자인 사진룡을 포함하여 일곱 명을 잡아 왔다.

모두 용문과 인근 도시의 흑도를 주름잡고 있는 흑도방파의 수장이다.

철혼은 흑도의 무리를 쓸어버리기로 마음먹었다.

최종적으로는 천하영웅맹을 이루고 있는 십주들의 문파를 와해시키거나 그 수장들을 죽이는 것이지만, 그러기 전에 그런 대문파들의 자금줄이 되고 있는 흑도를 쓸어버려 힘없고 약한 양민들이 흑도의 불한당들에게 더 이상 고혈을 빨리는 일이 없도록 만들 참이었다.

그것이 서문 노야와 스승이신 맹주님이 바라던 세상이었다. 그리고 이제는 철혼 자신이 갈망하는 세상이기도 했다.

'광동성이 시작이다. 철혈문과 흑도가 사라지면 광동성이 얼마나 살기 좋은 곳이 되는지 세상에 보여주겠다.'

정정당당하게 경쟁하고, 일한 만큼 벌 수 있는 상계가 형성이 되면 사람들은 희망을 가지고 일할 것이다.

희망을 가진 이들은 결코 포기하지 않을 것이니 시간이 흐를

수록 삶이 윤택해지는 건 당연지사일 터, 광동성의 도시와 거리마다 활기가 넘쳐흐를 것이다.

철혼은 그런 세상을 만들기 위해 기꺼이 지옥에 들어갈 참이었다.

흑영대와 함께 천하를 뒤엎어 버릴 생각이다.

누가 들으면 어리석은 망상이라고 손가락질할지도 모른다.

이란격석이라고 고개를 저을 것이다.

하지만 천하의 판세를 살펴보면 꼭 그렇지가 않다고 말할 수 있다.

사도천!

천하영웅맹은 사도천과 천하를 두고 격돌하고 있었다.

전체적인 전력에서는 천하영웅맹이 앞서고 있었지만, 맹주가 하야하고 철혼과 흑영대가 이탈한 지금은 꼭 그렇지도 않았다.

거기다 벽력도패가 죽었고, 벽력도문은 복수를 하기 위해 천하영웅맹의 전력에서 완전히 벗어나 있다.

사도천이 그런 천하영웅맹의 상황을 모르지 않을 터, 철혼과 흑영대를 잡기 위해 전력을 대거 가용할 수 없는 게 천하영웅맹의 현 상황이었다.

기껏해야 십주 같은 절대고수들이 움직여 철혼을 죽이는 게 최선의 선택일 것이다.

철혼은 흑영대 지낭인 사조장 지장명과의 대화를 통해 그 같은 판세를 파악하고 있었다.

그러니 광동에서 일이 벌어지면 천하영웅맹에서 달려올 사람은 딱 한 사람뿐이다.

철혈문의 태상문주인 철혈무검 사중천, 바로 그다.

사중천을 죽이는 것이 광동성에서의 마침표가 될 것이다.

"삼조에서는 아직 연락이 없나?"

철혼이 물었다.

잠입, 암습에 능한 기습조인 삼조는 지금 철혈문의 동태를 감시하는 중이었다.

"저기 오는군요."

섭위문이 바라보는 곳으로 시선을 돌려보니 한 사람이 빠르게 달려오고 있었다.

"봤습니까?"

"뭘?"

"은 소저 말입니다. 정말 아름답더군요."

강일비가 적잖이 감탄한 기색으로 말했다.

소귀는 그런 강일비의 이마 한가운데에 나 있는 시커먼 점을 손가락으로 튕겼다.

"보는 건 자유다만, 음란한 상상은 하지마라."

"그런 짓을 할 리가 없잖습니까."

강일비가 이마를 문지르며 반박했다.

그러다 문득 생각이 난 듯 물었다.

"그런데 대주님과는 무슨 사이입니까?"

"모르냐?"

"모르니까 묻지요."

소귀는 강일비를 빤히 바라봤다.

왜 모를까?

강일비는 흑영대원이 된 지 그리 오래 되지 않았다.

그리고 은소봉과 관련한 일은 당시 조주지방에 파견을 나갔던 이들 외에는 알지 못한다.

'은 소저가 전임 대주님의 딸이라는 걸 알아서 좋을 건 없겠지.'

소귀는 삼조원에게 보고를 받고 있는 철혼을 향해 시선을 돌렸다.

"대주님과 친하다. 그 정도만 알아둬."

강일비는 무척 궁금했다.

하지만 소귀의 표정을 보니 더 물었다간 괴롭힘을 당할 것 같아 그만두었다.

"그나저나 우리 탁 조장님과는 언제 붙을 겁니까?"

"곧."

근자에 뭔가 깨달음을 얻었는지 이조장인 탁일도와 비무를 하겠노라고 공공연하게 떠들고 다닌 소귀였다.

강일비는 그런 소귀가 얄미웠다.

자신의 조장을 무시하는 것 같았기 때문이다.

"그 자리에 저도 꼭 불러주십시오."

"왜?"

"소귀 선배가 당하는 모습을 꼭 보고 싶어서요."

"뭐?"

"만만하다 싶으면 소귀 선배한테 도전할 수도 있고."

강일비는 황당한 눈으로 바라보는 소귀를 뒤로하고 휘적휘적 가버렸다.

뒤늦게 자신이 무슨 말을 들었는지 깨달은 소귀의 얼굴이 팍 일그러졌다.

그때였다.

"선배한테 도전해서 이기면 뭐가 달라집니까?"

"그런 거 없어, 새꺄! 아니, 저 새끼부터 조지고 와."

유검평의 물음에 소귀가 강일비를 가리키며 펄쩍 뛰었다.

                    *   *   *

유장해는 말이 없었다.

송백과 철포 역시 말이 없었다.

그들의 머릿속에는 몇 달 전의 일이 생생하게 살아나고 있었다.

협곡 앞에 포진하고 있던 흑영대를 단숨에 쓸어버리기 위해 전마를 타고 돌진하다 흑영대가 설치해 놓은 무영사로 인해 큰 피해를 당했다.

그리고 치열한 격돌이 벌어졌다.

가장 먼저 부딪친 건 철혈문의 소검룡이라고 불리는 사천룡이다.

검신일체(劍身一體).

검과 하나가 되어 철혼을 향해 벼락같이 달려들었다.

그 결과, 철혈문 사람들을 충격에 빠뜨렸다.

사천룡이 일격에 나가떨어지고 만 것이다.

분위기를 일신하고 철혼을 죽이기 위해 송백과 철포가 나섰지만, 철혼이 기다란 대도를 폭풍처럼 휘두르니 송백과 철포는 물러나기에 급급했다.

철혼이 두 사람을 압도한 것이다.

유장해를 비롯한 철혈문 쪽 사람들은 망연자실했다.

하나 다행하게도 추혼무창이 있었다.

귀청을 찢어발기는 파공음을 터뜨리며 수십 발의 강전이 무더기로 날아왔지만, 추혼무창은 간단히 튕겨내며 곧장 철혼을 향해 일창을 뻗었다.

격돌하자마자 철혼이 뒤로 튕겨져 날아갔다.

철혈문 사람들은 환호했지만, 그건 철혼의 계략이었다.

철혼은 충돌로 인한 반동을 이용해 곧장 흑영대의 뒤를 따라 협곡 안으로 사라졌고, 무영사 같은 함정을 경계한 철혈문 측에서는 추혼무창이 홀로 뒤를 쫓았다.

그리고 그 결과는 충격이었다.

'당시 협곡 안에서 울리는 소리로 보아 몇 합에 불과했다. 단 몇 합 만에 가슴을 갈라 버린 거야. 대체 그놈은 얼마나 강하기에……'

유장해는 생각할수록 치가 떨렸다. 흑수라를 생각하면 자다가도 오한이 들기 일쑤였다.

어느새 공포로 자리하고 있었다.

'잊어버리자. 어차피 놈은 죽은 목숨이다. 도패 어르신을 암습으로 죽일 수 있었는지는 모르지만, 벽력도문이 전력을 동원하여 주산군도와 가까운 포구에 천라지망을 펼쳐놓고 있으니까

놈이 기어 나오는 순간 끝장이 날 거다.'

유장해는 그렇게 위안했다.

하나 철혼과 흑영대가 이곳 광동성에 도착한 게 벌써 며칠 전이었고, 용문 시가지로 접어들고 있는 이 순간까지도 자신의 앞에 누가 기다리고 있는지 유장해는 상상도 못하고 있었다.

곧게 뻗은 대로에 진입했다.

거리는 조용했다. 너무 조용해서 말발굽 소리만이 요란할 뿐이었다.

이상한 일이다.

흡사 적진에 들어선 듯 긴장감마저 느껴졌다.

"거리가 너무 조용하군."

왼손에 고색창연한 장검을 쥐고 있는 중노인이 미간을 찌푸렸다.

송백(松柏) 이여문.

도가 계열 검법의 고수로 철혈문의 팔숙 중 하나다.

그는 예리한 눈빛으로 거리를 따라 흐르는 공기의 변화를 주시했다.

하나 별다른 낌새가 느껴지지 않았다.

"좋지 않아."

이번엔 화의 중노인, 철포가 입을 열었다.

그 역시 거리를 따라 흐르는 불길한 공기를 포착했다.

그건 긴장감 따위가 아니었다.

긴장감은 사람의 감정이고, 거리에 흐르고 있는 공기는 전장에서나 느낄 수 있는 죽음의 기운이었다.

살기가 충만한 곳에는 죽음이 있고, 죽음이 있는 곳에는 사람의 기분을 저하시키는 악기(惡氣)가 운집하게 마련이다.

"……."

지금 거리에는 단 한 구의 시체도 보이지 않았다.

철포가 좋지 않다고 말한 건 그래서다.

죽음이 없음에도 악기가 판을 치고 있다는 건 그만큼 불길한 뭔가가 존재한다는 것이고, 철포가 생각할 수 있는 불길한 뭔가는 피와 죽음을 휩쓸고 다니는 고수밖에 없다.

'이 정도의 존재감이라면 정말 좋지 않다.'

철포는 지금이라도 말 머리를 돌리고 싶었다.

하지만 자신은 철혈문의 숙객이었고, 철혈문주의 부탁을 받고 온 이상 눈앞에 죽음이 있을지언정 돌아설 수는 없었다.

철포는 전신의 공력을 천천히 일으키기 시작했다.

한편 유장해 역시 긴장하지 않을 수가 없었다.

그 역시 좀 전 부터 거리를 따라 흐르고 있는 불길한 공기를 느꼈다. 그저 자신의 기분 탓이라 여겼었는데, 송백과 철포의 반응이 그렇지 않다고 말해주고 있으니 어찌 긴장하지 않을까.

"혹여 사도천의 수작일까요?"

긴장을 깨뜨리고자 유장해가 입을 열었다.

하나 송백과 철포는 입을 열지 않았다.

아니, 정확히는 열 수가 없었다. 입을 열려는 순간 신경을 자극하는 소리가 아주 작게 들려왔기 때문이다.

처음엔 무슨 소리인지, 어디에서 들려오는 것인지 갈피를 잡을 수 없을 정도로 미미한 소리였다.

하지만 귀청을 간질이는 소리에 두 사람의 신경이 바짝 긴장했다.

그건 지금 이 거리를 따라 흐르고 있는 불길함의 원흉이 이 소리와 밀접한 관련이 있다는 걸 의미했다.

철그럭! 철그럭!

몇 번의 호흡을 하고 나자 소리가 명확하게 들렸다.

분명 쇳소리였다.

뭔가가 부딪치는 소리가 점차 가까워지고 있었다.

송백과 철포가 말을 멈추자 유장해 역시 말을 멈추며 손을 들었다.

그 신호에 맞춰 철혈참마대 오십여 명 역시 말을 멈추었다.

말발굽 소리가 사라지자 거리에 정적이 흘렀다.

그리고 잠시 후.

시커먼 인영이 모퉁이를 돌아 모습을 드러냈다.

철그럭! 철그럭!

이십여 장의 간격을 따라 쇳소리가 울렸다.

"흑수라⋯⋯!"

유장해의 얼굴이 파리하게 질렸다.

"음⋯⋯!"

송백의 얼굴이 납덩이처럼 굳었다.

철포는 어금니를 깨물어 가슴 철렁한 모습을 감추었다.

앞쪽에 위치한 철혈참마대 역시 흑수라를 알아보았다. 모두들 사신이라도 본 듯 사색이 되었다.

전의 상실.

싸우기도 전에 이미 져버렸다.

철그럭! 철그럭!

흑수라의 강림을 알리는 소리가 공포를 몰고 왔다.

6장

하나씩 하나씩 사냥해 주겠어

"물러나야 합니다."

가장 먼저 정신을 차린 유장해가 떨리는 음성으로 말했다.

"인솔자는 자네일세. 자네가 명한다면 그리하도록 하겠네."

송백의 말에 유장해의 얼굴이 확 일그러졌다.

책임 추궁을 피하겠다는 말로 들렸기 때문이다.

화가 치밀었지만, 지금은 그런 것에 연연할 때가 아니었다.

흑수라는 자신들 세 사람이 감당할 수 없다. 암습이든 뭐든 십주의 일인인 벽력도패를 죽인 자를 자신들이 어찌 상대한단 말인가.

개죽임을 당하기 싫다면 물러가야 한다. 돌아가서 흑수라가 이곳에 있다는 걸 알리고 더 많은 실력자를 데려와야 한다.

상대가 흑수라와 흑영대라는 걸 안다면 문주도 책망하지는 않을 것이다.

'흑영대?'

그러고 보니 흑수라만 보인다.

흑영대는 어디에 있단 말인가?

유장해가 의문을 떠올린 순간이다.

퍼버버버버벅!

"컥!"

"크악!"

"끄윽!"

장대비가 내려꽂히는 소리가 잇달아 쏟아졌다.

유장해가 아연실색하여 주위를 돌아보니 대로 양쪽의 전각들 지붕 위에 시커먼 그림자 천지였다.

"쇠뇌다! 모두 피해라!"

철혈참마대주가 경고성을 터뜨렸다.

하나 소용없었다.

귀궁노가 발사해 대는 강전들은 가히 빛살의 빠름으로 날아들었다.

관통력 또한 뛰어나 두 사람을 연달아 꿰뚫기도 했다.

키히히히힝!

"도망쳐라! 도망치란 말이다!"

철혈참마대주가 고함을 지르며 말을 돌려 질주했다.

공포에 질린 철혈참마대가 싸울 생각도 않고 미친 듯이 말에 채찍질을 가했다.

하지만 왔던 길을 되돌아 도주하던 전마들이 갑자기 앞으로 고꾸라졌다.

땅에 감추어져 있던 무영사가 팽팽하게 잡아당겨지며 달리는 전마들의 다리를 싹둑 잘라 버린 것이다.

쿵! 쿠구구궁!

키히히히힝!

"크악!"

"끄악! 내 다리!"

일대 소란이 일어났다.

비명과 말울음 소리, 그리고 죽음이 아수라장을 만들었다.

"크아아악! 흑수라!"

벌떡 일어난 철혈참마대주가 악을 썼다.

바로 그 순간 시커먼 그림자 하나가 철혈참마대주를 향해 번개같이 달려들었다.

"죽어라!"

철혈참마대주가 칼을 휘둘렀다.

그러나 한 줄기 시퍼런 검광이 철혈참마대주의 두 눈을 가득 채운 후였다.

"......!"

철혈참마대주는 쩍 갈라진 자신의 가슴을 내려다보며 앞으로 고꾸라졌다.

"흑수라가 뉘 집 개 이름이냐!"

빈정거리는 목소리.

소귀가 씩 웃으며 다음 먹잇감을 찾아 신형을 날렸다.

철혈참마대 오십여 명이 순식간에 전멸해 버렸다.

유장해와 송백, 그리고 철포는 손을 쓰지도 못했다.

전방에서 다가오고 있는 흑수라 때문이었다. 흑수라 철혼의 기운에 짓눌려 함부로 움직일 수가 없었던 것이다.

척!

걸음을 멈춘 철혼은 세 사람을 쓱 훑어보며 두 자루의 철곤을 뽑았다.

그리고 곧 땅을 박차고 신형을 날렸다.

철혼의 존재감에 짓눌려 있던 세 사람이 뒤늦게 병기를 뽑아들고 마상을 박차고 날아올랐다.

철혼이 강하다는 걸 알고 도망갈 궁리만 하던 세 사람이었지만 막상 부딪치게 되자 각자 방위를 맡아 전력을 다한 맹공을 퍼부었다.

송백의 고색창연한 장검이 깃털이 쏟아지는 듯한 검기를 뿌렸고, 칼날처럼 변한 철포의 소맷자락이 허공을 마구 찢어발겼다.

유장해는 그 사이에서 짙푸른 검기를 두른 장검을 전광처럼 찔렀다.

쿠다다다당! 까가가강!

세 사람의 합공은 미리 짜 맞추기라도 한 것처럼 한 치의 어긋남도 없이 파상적으로 쏟아졌다.

그러나 철혼이 휘두른 철곤에 부딪치자 맥없이 막혀 버렸고, 숨 쉴 틈 없이 휘몰아친 철곤들의 무자비한 공격에 얼굴과 몸통을 무차별적으로 두들겨 맞고 지상으로 추락했다.

털썩! 털썩! 털썩!

그것으로 끝이었다.

비명도 없었고, 신음도 없었다.

잔혹한 죽음만이 붉은 피와 함께 흘렀다.

철혼은 아무런 감흥도 없다는 눈길로 철곤들을 집어넣었다.
그리고 섭위문을 향해 명령을 내렸다.

"정리하고, 철혈문에 사람을 보내도록 해."

이젠 상황의 심각성을 알겠지.

누굴 보낼까?

팔숙을 전부 보낼까?

아니면 문주가 직접 나타날까?

상관없다.

사냥감은 사냥감일 뿐이니까.

발톱과 이빨을 제대로 갖춘 포식자가 여기에 있다.

어서 와라.

와서 천하를 우습게 보는 그 오만한 머리통을 내밀어라.

아주 잘근잘근 씹어 먹어 주겠다.

*   *   *

철혈문주 사후량은 거세게 분노했다.

"어떤 놈들이냐! 대체 어떤 놈들이 본 문을 능욕하고 있는 것
이냔 말이다!"

쾅!

사후량의 주먹에 흑철석으로 만들어진 커다란 탁자가 둘로
쪼개졌다.

"뭐 하는 게냐! 가서 우숙을 모셔 와라!"

대전을 쩌렁 울리는 명에 한 사람이 부리나케 달려나갔고, 곧
이어 황삼을 걸친 노인이 대전으로 들어섰다.

키는 작았지만, 딱 벌어진 어깨와 터질듯 부풀어 오른 가슴
근육이 노인의 패도적인 기질을 유감없이 대변해 주었다.

남패곤(南覇棍) 우황!

한때 광동, 광서성을 아우르는 남해무림의 전설로 추앙받던
고수다.

"문주가 날 찾다니 대체 무슨 일인가?"

남패곤 우황의 기질은 포악 그 자체다.

상대를 곤죽으로 만들어 버리는 무공 그대로다.

이십여 년 전, 철혈문의 태상문주이자 천하영웅맹 십주의 일
인인 철혈무검을 만나기 전까지 단 한 번도 패하지 않은 극강의
고수다.

"갑론을박할 상황이 아니니 간단히 말씀드리겠습니다. 둘째
놈이 정체불명의 놈들에게 사로잡혔다기에 철수검(鐵手劍)에게
송백과 철포 두 분을 붙여 참마대와 함께 보냈습니다. 한데 모
조리 죽었답니다."

"뭐?"

"철혈질풍대(鐵血疾風隊), 철혈무인대(鐵血武人隊) 이백을 대
기시켜 두었습니다. 남은 팔숙을 전부 데리고 용문으로 출발해
주십시오."

팔숙이 문제가 아니다.

철혈참마대가 전멸한 마당이니 철혈질풍대와 철혈무인대까지 데려가면 철혈문에는 내원을 지키는 철혈백의대만 남는다.

"문주가 명하니 내 한걸음에 달려가 놈들을 모조리 어육으로 만들어 버리겠네. 다만 내가 없는 사이에 놈들이 이곳으로 들이닥치면 어쩐단 말인가?"

우황이 염려하는 표정으로 말했다.

그러나 사후량은 대꾸가 없었고, 대신 이때까지 잠자코 있던 문사풍의 중년인이 입을 열었다.

"성동격서라면 더 크게 소란을 떨었거나 정체를 밝혔을 겁니다."

조심스런 태도로 말한 문사풍의 중년인은 일휘검유(一輝劍儒) 이서문이었다.

철혈문의 식객으로 남패곤 우황과 함께 철혈문의 대소사에 관여할 자격이 있는 유이한 사람이었다.

"아니란 말인가?"

"제 생각으로는 그렇습니다."

이서문이 대답했고, 우황은 사후량을 쳐다봤다.

"본 문에 이빨을 들이댄 자들입니다. 정체가 무엇이든 모조리 죽여 버리십시오."

"알겠네. 설사 사도천의 천주라하더라도 머리통을 부숴 버리겠네."

우황이 큰소리로 말하며 대전을 나갔다.

"이놈들! 살아 있다는 걸 후회하게 될 거다!"

우황의 포악함을 떠올리며 사후량은 이를 갈아붙였다.

*   *   *

희뿌연 안개가 아침을 답답하게 만들고 있었다.

가벼운 동작으로 밤새 찌뿌둥했던 몸을 푼 흑영대는 배를 내렸던 산두에서 구입한 건량과 육포, 그리고 어포로 끼니를 때웠다.

"제 입에는 어포가 더 맛있습니다."

소귀가 어포를 질겅질겅 씹으며 말했다.

"그거 내가 구입한 거다."

탁일도가 어깨를 으쓱거렸다.

그러자 곁에 있던 하여령이 면박을 주었다.

"무슨 어포냐고 소리칠 때는 언제고?"

"그거야 맛을 보기 전이었잖아."

처음엔 반대했던 탁일도는 맛을 보자마자 그 맛에 반해 육포 대신 절반을 어포로 채웠다.

"여령이가 사자고 한 거군요."

"내가 결정했다니까."

"그러니까 제안은 여령이가 한 거잖아요."

"내가 육포로만 살 수도 있었다."

"욕먹을 짓이지요."

"뭐?"

"아, 말이 헛 나왔습니다."

"너 요즘 심심찮게 기어오른다. 그러다가 한 방에 훅 가는 수가 있다."

"기어오르긴 뭘 기어올라요?"

"섬에서 깨달음이니 뭐니 지랄하더니 내가 그렇게 만만해 보이냐?"

"만만하다기보다 이제 탁 대주님이랑 싸워도……."

소귀가 말꼬리를 흐렸다.

탁일도의 뒤에서 섭위문이 고개를 젓고 있었기 때문이다.

"싸워도 뭐?"

탁일도가 성난 목소리로 물었다.

"열 번 맞을 거 여덟 번 정도만 맞지 않을까, 뭐 그런 생각이 든다는 겁니다."

"지랄하네. 한 대만 맞아도 간다는 거 몰라?"

"그야, 뭐, 그렇겠지요?"

"붙어보고 싶으면 언제든 말만 해. 대신 니 조장한테 허락받고 와. 애 두들겼다고 꼬장부리는 거 보고 싶지 않으니까."

"애들 앞에서 민망하게 애 취급하고 그럽니까?"

"시끄럽고, 알아들었으면 귀찮게 따라다니지 마라."

"따라다니긴 누가 따라다녀요?"

"그럼 왜 여기 있는 건데? 지랄 말고 얼른 너희 조로 가."

"여기가 저희 조인데요."

"뭐?"

탁일도가 주위를 둘러보니 소귀는 일조의 한쪽 끝에 앉아 있었고, 탁일도 역시 이조의 한쪽 끝에 앉아 있었다.

공교롭게도 일조와 이조가 인접한 끝자리에 두 사람이 앉아 있었던 것이다.

"하여튼 그 재수 없는 낯짝 저쪽으로 치워."

"잊으셨습니까? 청향루에서 기녀들한테 이조장님보다 인기가 많았던 낯짝이 바로 이겁니다."

소귀가 제 얼굴을 손가락으로 가리키며 히죽 웃었다.

탁일도는 얼굴을 일그러뜨렸고, 그때 하여령이 불쑥 끼어들었다.

"뭐야, 기루에 갔어?"

"저놈이 하도 가자고 해서. 난 술만 마셨다. 방금 들었잖아, 난 기녀들한테 인기가 없다."

탁일도가 빠르게 내뱉으며 소귀를 향해 씩 웃어 보였다.

'넌 기녀들과 놀아라. 난 여령이랑 놀란다.'

이제 소귀는 끝이라고 생각했다.

그런데 뜻밖의 말이 하여령의 붉은 입술을 비집고 튀어나왔다.

"다음엔 나도 데려가. 안 그러면 죽을 줄 알아."

탁일도와 소귀가 서로를 보며 흠칫했다.

'너란 여자는 진짜… 뭐냐? 그 시커먼 옷 속에 든 게 설마 사내놈은 아니겠지? 궁금하군. 언제 확 열어볼까?'

탁일도가 이 같은 생각을 하며 눈을 게슴츠레 뜰 때였다.

저쪽에서 조용히 육포를 씹어 먹던 철혼이 자리를 털고 일어났다.

"출발하시겠습니까?"

일조장 섭위문이 따라 일어나며 물었다.

철혼은 대원들을 쓱 둘러본 후 고개를 끄덕였다.

순간 흑영대원 전부가 잡담을 멈추고 자리에서 일어났다. 주변을 정리하고 각자 무기를 챙겼다. 각 조별로 도열하기까지 반의반 각밖에 걸리지 않았다.

사조는 조장 지장명을 포함하여 열두 명 모두 이곳에 있지 않았다. 철혈문의 동태를 감시하고, 절강성에서 천라지망을 펼치고 있을 벽력도문을 지켜보고 있었다.

암습에 능한 삼조는 사조를 지원 나갔다.

다시 말해 이곳에 있는 숫자는 철혼을 합쳐 육십이 조금 넘는다.

그것이 철혈문을 상대할 전체 숫자였다.

그러나 어느 한 사람도 두려움을 내비치지 않았다.

마치 흑도를 와해시킬 때처럼 담담한 모습으로 일관하고 있었다.

철혈문의 무인들이 보았다면 자존심이 상할 일이었다.

겨우 육십이 조금 넘는 숫자에 불과하면서도 조금도 불안해하지 않고 있으니 어찌 기분이 좋을까.

하나 이건 사실이었다.

허장성세 따위가 아니었다.

누군가가 지켜보고 있지도 않거늘 굳이 허세를 보일 이유가 없었다.

그렇다면 왜 이런 일이 일어나는 것일까?

그건 철혼의 힘이었다.

철혼의 존재감이 그렇게 만든 것이다.

그만큼 철혼, 아니, 흑수라에 대한 대원들의 믿음이 컸다.

흑수라와 함께라면 지옥불 속이라도 기꺼이 뛰어들 정도로 용맹무쌍하니, 그 어떤 적을 만나도 자신의 무위 이상의 실력을 발휘하곤 했다.

철혼은 대원들을 한차례 둘러본 후 각 조장들의 얼굴을 바라봤다.

모두들 담담한 표정이었다.

대원들은 몰라도 조장들은 오늘의 작전을 세세히 알고 있었다. 그럼에도 누구 한 사람 염려의 기색을 드러내지 않았다.

탁일도 역시 마찬가지였다.

지금은 모든 대원들이 함께 자리한 공석이었고, 공석에서는 개인감정을 절대 드러내지 않는 게 흑영대의 불문율이었다.

"먼저 출발해."

철혼이 명령했다.

각 조장이 포권하더니, 각기 조원들을 이끌고 자리에서 사라졌다.

철혼은 그 광경을 자리에 서서 끝까지 지켜봤다.

모두가 사라지고 나자 십리평을 향해 걸음을 옮기기 시작했다.

철그럭! 철그럭!

철혼의 걸음을 따라 전포 안쪽에서 쇳소리가 났다.

십리평으로 향하는 죽음의 소리였다.

＊　　　＊　　　＊

십리평.

양산 남동쪽에 위치한 평원이다.

처처가 산악으로 뒤덮인 지역이다 보니 실제 십리에 달할 정도로 드넓은 벌판은 아니다.

하나 양산 인근에서 대규모 전투를 벌이기에는 가장 안성맞춤인 곳이라 할 수 있었다.

태양이 천중에 자리한 시각.

십리평의 북서쪽에서 무수한 숫자의 인마가 모습을 드러냈다.

철혈문이다.

철혈참마대(鐵血斬魔隊), 철혈질풍대(鐵血疾風隊) 이백여 무리가 십리평 안으로 쏟아져 들어왔다.

과연 광동성의 패자답게 기세가 등등했다.

선두에는 남패곤 우황이 커다란 전마 위에 위풍이 당당한 모습으로 앉아 있었는데, 그 한 사람으로 인해 폭풍이 몰려오는 듯한 광포한 기운이 요동치고 있었다.

"남패곤이겠지?"

십리평의 중앙에서 철혼이 홀로 중얼거렸다.

그의 두 눈은 시종일관 우황에게 못 박혔다.

철곤 하나로 남해무림을 평정했던 극강의 고수.

곤을 익힌 입장이라 언제고 꼭 한 번 붙어보고 싶던 자인데, 상황이 이러하니 더할 나위 없이 좋다.

우황 역시 철혼을 발견했다.

십리평 중앙에 홀로 우뚝 서 있으니 모를 수가 없었다.

하나 철혼의 정체는 알지 못했다.

단 한 번도 얼굴을 본 적이 없었다. 여기저기서 흑수라에 대한 소문이 떠돌았지만, 결국 애송이일 뿐이라며 관심을 두지 않았다.

"철혈문을 건드린 게 네놈이냐?"

십여 장 앞에서 전마를 멈춘 우황이 싸늘히 물었다.

그와 동시에 철혈문의 무인들이 대형을 좌우로 크게 벌려 반원을 그리며 철혼을 에워쌌다.

철혼은 그들에게는 눈길조차 주지 않았다.

"먼저 건드린 건 철혈문이오."

"그 무슨 헛소리냐?"

"내가 누구인지 모르는군."

"네깟 놈의 정체를 알아서……."

우황이 코웃음 치며 빈정거리고 있을 때 철혼이 허리춤에서 두 자루의 철곤을 뽑아 들었다.

"흑수라? 네놈은 흑수라구나!"

철혼의 정체를 알아본 건 압운장(壓雲掌) 동악림이었다.

우황은 맞느냐는 얼굴로 철혼을 노려보았다.

"맞아. 지금부터 철혈문을 쓸어버릴 이름이지."

철혼이 비릿하게 웃었다.

그 광오한 태도에 우황의 화가 일순간에 폭발하였다.

"이놈! 그 주둥이를 찢어버리겠다!"

말 등을 박찬 우황이 허공으로 솟구쳤다가 철혼의 머리 위로 유성처럼 내려꽂혔다. 수중에는 두 자 길이의 거무튀튀한 철곤이 들려 있었는데, 성질만큼이나 포악한 기운을 마구 뿜어댔다.

"광마십삼곤(狂魔十三棍)이다! 분쇄곤 따위는 아주 박살을 내주마!"

철혼 역시 철곤을 휘둘렀다.

꽈다다다다당!

두 사람이 격돌하자 시퍼런 불꽃이 마구 튀었다.

철혼이 휘청하며 한 걸음 물러났다.

기세를 탄 우황이 무차별적인 파상공세를 퍼부었다.

그러나 철혼의 철곤 역시 만만치 않았다. 철벽처럼 버티더니 점점 기세가 살아나기 시작했다. 두 자루의 철곤을 폭풍처럼 휘두르는 와중에도 우황의 얼굴에서 시선을 떼지 않았다.

반 장의 간격을 두고 두 사람의 철곤이 무시무시하게 격돌했다.

천근의 바위조차 가루로 만들어 버릴 거력이 눈앞에서 부딪치고 있었지만, 두 사람은 눈 한 번 깜박이지 않았다.

기세 싸움이다.

누구의 무력이 더 강한지 정면충돌하는 것이다.

꽈과과광!

철곤과 철곤, 내력과 내력의 충돌로 강렬한 기음이 폭발했다.

두 사람은 서로를 노려보며 한 치도 물러나지 않았다.

접점을 중심으로 패력과 패력이 격렬하게 부딪쳤다.

'이럴 수가!'

우황은 내심 크게 놀라고 있었다.

흑수라가 강하다고 했지만, 나이가 나이인만큼 어느 정도 무시하는 바가 있었다.

그런데 막상 부딪쳐 보니 생각 이상으로 강했다.

전력을 다한 자신을 상대하면서도 전혀 밀리지가 않고 있었다.

'합공을 할 수밖에 없겠어.'

우황은 보기보다 얍삽했다.

그가 포악한 건 상대의 기세를 짓누르기 위해서였다. 고함을 지르고 무작정 철곤을 휘둘러 대는 것도 보여주기 위함이었다.

계산된 행동인 것이다.

그런 자가 지금의 상황이 어떠한지 어찌 계산이 서지 않을까.

우황은 맹폭과 동시에 한 걸음 물러났다.

그것이 신호였다.

새하얀 그림자가 전광같이 끼어들었다.

백의검(白衣劍)이다.

날카로운 검공이 측면에서 불쑥 찔러왔다. 그와 동시에 물러났던 우황의 철곤이 머리통을 노리고 다시 짓쳐들었다.

빨랐다. 그리고 시기적절한 호흡이었다.

압운장 동악림과 장추권(長鎚拳), 철자수(鐵磁手) 역시 살기를 쏟아내며 거리를 좁혔다.

철혼이 틈을 보인다면 자신의 절기들을 무차별적으로 퍼부을 기세였다.

그러나 철혼의 움직임은 그들의 생각을 벗어났다.

우황을 향해 한 걸음 다가가며 철곤을 쭉 뻗었다.

'투— 웅!' 하는 기음이 터지며 우황의 거무튀튀한 철곤이 튕겨 버렸다.

안색이 딱딱하게 굳어버린 우황.

순간 좌수로 쥔 철곤을 휘둘러 백의검의 장검을 후려친 철혼이 눈 깜짝할 사이에 신형을 비틀어 우황의 철곤을 쳐냈던 오른손의 철곤으로 백의검의 가슴을 찍어버렸다.

"컥!"

숨통이 막혀 돌처럼 굳어버린 백의검.

'당했다!'

우황이 경악한 순간 철혼의 철곤이 백의검의 머리통을 가격했다.

'퍽!' 소리와 함께 피와 뇌수가 사방으로 튀었다.

"이, 이이!"

우황이 이를 갈아붙였다.

흑수라는 참으로 교활한 놈이다.

놈은 방심을 유도하기 위해 일부러 힘을 감추었다. 자신과 대등한 척 대치한 후 합공을 하는 백의검의 방심을 단숨에 찍어버렸다.

그 한 수로 이쪽의 기세를 꺾어놓았다.

하지만 알아차린 이상 더 이상 당하지 않겠다. 아직 이쪽에는 압운장과 장추권, 그리고 철자수가 있다.

자신까지 합쳐 네 고수의 합공이면 놈을 잔인하게 쳐 죽일 수 있다.

우황의 눈빛이 차갑게 가라앉았다.

그는 결연한 모습으로 입을 열었다.

"모두들 목숨을 걸어야 할 것이네."

우황이 그렇게 전의를 불태우자 백의검의 죽음에 당황하던 이들이 침착을 되찾았다.

"네놈이 강하다는 건 확실히 알겠다. 하나 오늘 죽는 건 네놈이 될 것이다."

우황이 살의에 찬 얼굴로 으르렁거렸다.

압운장 동악림의 쌍장에 시퍼런 기운이 가득 차올랐고, 장추권과 철자수 역시 폭풍 같은 살기를 일으켰다.

죽음을 각오하고 있다.

목숨을 걸고 철혼을 죽일 생각이다.

네 명의 살기가 돌풍처럼 요동쳤다.

그러나 철혼의 입가에 떠오른 건 진한 조소였다.

'보았다고 한들 전부 알 수 있을까? 우습군.'

저들은 뭔가 대단한 착각을 하고 있다.

이리 떼가 목숨을 걸고 달려들면 범도 잡을 수 있다는 것이다.

과연 그럴까?

틀렸다.

이리 떼는 목숨을 걸어도 이리 떼일 뿐이다.

게다가 자신은 범이 아니다.

맹수들을 잡아먹는 포식자.

그게 바로 혹수라다.

그걸 깨닫지 못하는 한 죽음의 늪에서 절대 빠져나오지 못한다.

'지금부터 그 사실을 제대로 보여주마!'

눈빛을 빛낸 철혼이 한걸음에 튀어 나갔다.

우황의 철곤이 마주 튀어나왔다.

싸ㅡ 악!

공기를 가르는 소리가 위맹했다.

곤(棍)은 본시 쾌(快)와 강(强)의 무리(武理)를 따른다. 그러나 우황의 곤에는 한 가지가 더 포함된다.

바로 패(覇)다.

그래서 돌아갈 줄을 모른다.

언제나 정면에서 격돌한다.

공격 일변도다.

쾅!

'우욱!'

우황이 어금니를 깨물었다.

철혼의 막대한 파괴력에 단숨에 밀려 버렸다. 이것이야 말로 철혼의 진짜 힘이다.

그러나 우황은 혼자가 아니었다.

무쇠조차 부숴 버린다는 철자수의 대파수(大破手)가 우측 사각으로 파고들었고, 압운장 동악림의 쌍장이 철혼의 등골을 부수려고 했다. 장추권의 권격이 바로 뒤를 받쳐 주어 숨 돌릴 틈 없는 연환공격을 완성했다.

그러나 철혼은 이런 난전에 더 강했다. 흑수라라는 악명을 얻을 정도였다.

쩌엉!

철자수의 대파수(大破手)를 막은 건 철곤이었다.

철혼은 철자수의 대파수를 막음과 동시에 빙글 돌았다.

핏!

동악림의 장력이 등가죽을 훑고 스쳐 갔다.

옷자락이 찢어졌을 뿐, 피 한 방울 뽑아내지 못했다.

근접박투에서 회심의 일격을 가했음에도 허탕을 쳤다. 그 결과는 치명적이다.

'이런?'

동악림의 얼굴이 일그러진 찰나의 순간 완전히 돌아선 철혼.

철곤의 손잡이가 스쳐 가는 동악림의 등짝을 찍었다.

"큭!"

등골이 부서진 동악림이 앞으로 고꾸라지고, 장추권이 쇄도했다.

따다당!

두 자루의 철곤이 장추권의 권격을 무차별적으로 두들겨 버렸다.

이 격을 펼치려던 우황과 철자수는 움직일 수가 없었다.

어느새 철곤 하나가 자신들을 똑바로 가리키고 있었기 때문이다.

"……!"

찰나의 접전.

그야말로 순식간에 끝났다.

우황과 철자수의 안색이 딱딱하게 굳었다.

자신이 가진 역량을 최대치로 끌어내 완벽에 가까운 합공을 펼쳤음에도 당한 건 오히려 자신들이었다.

그게 무엇을 의미하겠는가?

안 된다는 거다.

무위의 격차가 압도적이다.

자신들은 이곳에 오지 말았어야 했다.

장추권은 피투성이가 되어버린 자신의 주먹을 믿을 수 없다는 듯이 내려다보고 있었다.

"혼자일 때는 그만한 이유가 있다는 걸 알았어야지."

비스듬히 서 있는 철혼.

그의 입가에 잔혹한 미소가 감돌았다.

스승께선 포효하는 맹수이길 바랐지만, 그 정도로는 만족할 수 없었다.

이리 떼고 범이고 간에 닥치는 대로 맹수들을 잡아먹는 포식자가 되기로 마음먹었다.

그것만이 십주라는 맹룡들을 상대할 수 있을 테니까.

"하나씩 하나씩 사냥해 주겠어."

철혼은 대도를 뽑아 두 자루의 철곤과 결합하였다.

찰— 칵!

신경을 자극하는 기음에 우황이 정신을 번쩍 차렸다.

오만해 보이는 철혼의 모습에 수중의 철곤을 으스러져라 움켜잡았다.

"오냐! 오늘 죽어주마! 하나 네놈 역시 반드시 죽이고야 말겠다."

촤아아악!

우황의 철곤이 일직선으로 뻗었다.

왼쪽 가슴이 열린 상태였다.

우황 정도 되는 고수가 대놓고 틈을 보인다는 건 둘 중의 하나다.

그만한 자신이 있거나 양패구상을 노리는 필살의 일격을 펼치고 있다는 거다.

물론 우황은 후자다.

함께 죽자고 달려들었다.

부— 악!

철혼의 칼이 공간을 수평으로 갈랐다.

목표는 우황의 거무튀튀한 철곤이다.

꽝!

또다시 튕겨 버린 우황의 철곤.

사력을 다했음에도 철혼의 무력에 확연히 밀렸다. 적당히 맞설 수 있어야 가슴을 내주고 머리통을 부숴 버릴 텐데, 맥없이 튕겨 버리니 필살의 일격을 펼치지도 못했다.

이때였다.

우황의 뒤에서 한 사람이 튀어나왔다.

철자수였다.

우황의 돌격이 철혼의 시야를 가리는 순간 귀신같이 우황의 뒤로 따라붙었다.

철혼과 우황이 부딪치는 찰나의 순간을 노린 것이다.

그러나 그를 기다리고 있는 건 한줄기 시퍼런 섬광이었다.

번— 쩍!

시퍼런 벼락이 천중에서부터 내리꽂혔다.

'뭐지……?'

의문과 동시에 철자수의 몸이 둘로 쪼개졌다.

"이놈!"

우황이 격분하여 달려들었다.

"흑수라!"

정신을 차린 장추권이 목이 찢어져라 고함을 지르며 빛살처럼 쇄도했다. 피범벅인 두 주먹을 벼락같이 휘두르고 있었다.

두 사람의 모습에는 광기가 가득했다.

죽음에 대한 두려움 따위는 찾아볼 수가 없고, 반드시 죽여버리겠다는 광기만이 무섭게 소용돌이치고 있었다.

그러나 광기만으로 어쩔 수 있는 흑수라가 아니었다.

부아아악!

철혼의 칼이 무자비한 일도를 그었다.

퐈앙!

거친 폭음이 터졌다.

확실히 우황은 강했다.

일격으로 어쩔 수 있는 상대가 아니다.

그러나 장추권 역시 그런 건 아니었다. 장추권은 일격을 감당못하고 죽어버렸다.

권격을 부수고 들어온 칼날이 그의 가슴을 갈라 버렸다.

"죽여! 죽여라! 이 미친놈을 죽여 버리란 말이다!"

우황이 고함을 마구 질러댔다.

그의 머릿속에는 철혼의 죽음만이 가득했다.

수단과 방법을 가리지 않고 철혼의 머리통을 부숴 버릴 생각만이 가득했다.

"공격하라!"

우황의 고함에 철혈참마대주가 총공격 명령을 내렸다.

두두두두!

철혈참마대와 철혈질풍대!

철혈문의 이백여 정예가 불을 향해 날아드는 불나방처럼 마구 몰려왔다.

이백여 무리가 범람하는 해일처럼 달려들고 있었지만, 철혼은 추호도 개의치 않고 우황을 향해 차갑게 내뱉었다.

"가진 자들에게 빌붙어 그들의 손이 되고 발이 되었으니, 결국 그들과 한통속일 터, 원혼들의 원한이 끝도 없이 들끓고 있는 지옥으로 모조리 날려주마!"

흑수라의 살기가 사납게 요동쳤다.

시산혈해!

십리평에 시체가 가득 쌓였고, 흘러내린 핏물이 땅을 질퍽하게 만들었다.

그 한복판에서 우황은 망연자실했다.

"잔인한 놈……."

우황의 입에서 힘없는 소리가 흘러나왔다.

철혈문에서 이백여 정예를 이끌고 왔는데, 단 한 사람도 살아남지 못했다.

철혈참마대와 철혈질풍대가 흑수라를 향해 몰려온 순간 사방에서 시커먼 무리가 몰려왔다.

육십 정도에 불과한 숫자였지만, 그들이 쏘아대는 강전에 철혈문의 이백여 정예는 이렇다 할 반격조차 제대로 못 해보고 지리멸렬하고 말았다.

철혈참마대주와 철혈질풍대주가 고함을 질러가며 날뛰어보았으나 털북숭이 장한과 얼음장 같은 사내에게 머리통을 내주고 말았다.

"잔인한 건 맞을 거요. 하나 악랄하지는 않소."

"뭐?"

"철혈문이라는 이름 아래에 얼마나 많은 양민이 억울함을 당했는지 알기나 하오?"

"그 무슨 헛소리냐?"

"헛소리인지는 지옥에 가서 확인해 보시오."

철혼의 말이 끝나는 순간 시퍼런 섬광이 번뜩였고, 두 다리가 잘려 간신히 버티고 있던 우황의 머리통이 허공으로 떠올랐다가 이내 땅바닥으로 떨어졌다.

"철혈문의 씨조차 남기지 않을 것이니 외롭지는 않을 거요."

잔인하게 내뱉은 철혼은 대도에 묻은 피를 뿌리며 돌아섰다.

칠십여 흑영대가 그림처럼 대기하고 있었다.

"이제 철혈문으로 가볼까?"

철혼은 칼과 철곤을 분리하여 허리춤에 걸었다.

철그럭! 철그럭!

흑수라의 걸음이 십리평을 가로질러 철혈문으로 향하기 시작했다.

7장

양산 철혈문

흑수라와 흑영대가 떠난 자리는 평화로웠다.

그들이 머문 석 달 동안 섬과 바다가 몸살을 앓았다. 그만큼 그들의 수련 방식이 악착같고, 혹독했다. 몰래 숨어서 지켜보던 조심환이 진저리를 칠 정도였다.

"이곳입니다."

조심환이 가리킨 곳은 철혼이 수련하던 장소였다.

마여란은 조심환이 가리킨 곳을 바라보았다. 놀랍게도 수십 장에 달하는 절벽이 쩍 갈라져 있었다. 흡사 천신이 도끼로 내려찍은 것처럼 보였다.

"엄청나군요."

마여란이 놀라 중얼거렸다.

엄청나다는 말밖에는 다른 말이 나오지 않았다.

"석년에 혈갑악부(銀甲惡斧)의 도끼질을 본 적이 있습니다. 운남에서 세 손가락에 꼽힌다고 알려진 낙일천검(落日天劍)을 두 조각 내버리더군요. 낙일천검 역시 보통이 아닌지라 전력을 다했지 싶은데, 그럼에도 저 정도의 위력은 아니었습니다."

"혈갑악부라면 혹시 사도천의 혈사(血邪)말인가요?"

"맞습니다."

조심환이 고개를 끄덕였다.

이는 실로 놀라운 말이 아닐 수가 없다.

천하를 천하영웅맹과 양분하고 있는 사도천은 삼존칠사(三尊七邪), 오흉육도구검(五凶六刀九劍), 삼십육살(三十六殺), 칠십이귀(七十二鬼)로 대변되는데, 혈사는 칠사의 일인이었다.

다시 말해 조심환의 판단에 따르자면 흑수라가 칠사보다 강하다는 것이다.

"제 판단일 뿐이니 확실하다고 말할 수는 없습니다. 하나 혈갑악부보다 약하지는 않을 겁니다."

조심환이 힘주어 말했다.

마여란은 그런 조심환을 바라보다 불쑥 물었다.

"그를 잡았어야 했다고 말하고 싶은 건가요?"

그는 흑수라를 가리킨다.

조심환은 조심스런 태도로 고개를 끄덕였다.

"저토록 강한 자라면 노선을 수정할 필요도 있지 않을까 싶습니다. 또한 흑수라는 사해방에 눈독을 들일 자는 아니니까요."

조심환의 말에 마여란은 고개를 끄덕였다.

하나 조심환의 생각에 동조하고 싶지는 않았다.

"모두 돌아가라!"

마여란은 수하들을 물렸다.

한때 자신과 동생 마태룡을 핍박하던 해적들이지만, 지금은 엄연한 자신의 수하였다.

"흑수라가 더 강해졌다는 사실을 사도천에 알렸나요?"

마여란의 말에 조심환이 흠칫 놀랐다.

그는 주변을 살펴 수하들이 완전히 멀어졌음을 파악하고 마여란을 지그시 바라보았다.

"알고 있었느냐?"

"바보는 아니니까요. 다시 묻겠어요. 사도천에 연락했나요?"

"아직 하지 않았다. 한데 그걸 묻는 연유가 무엇이냐?"

"하지 마세요."

"왜냐?"

"흑수라의 강함을 모르는 만큼 그들도 당할 테니까요."

"뭐?"

"흑수라가 천하를 어지럽히고 오래 버틸수록 사해방은 안전할 거예요."

흑수라의 손을 잡지 않은 이유다.

괜히 고래 싸움에 끼어들어 등 터지고 싶지 않다는 뜻.

"그래. 그게 옳은 것일 수도 있겠다."

조심환이 고개를 끄덕였다.

원래 그가 생각하던 사해방의 노선이었다.

하나 그것과는 별개로 조심환의 눈에 갈등의 빛이 어렸다.

사도천의 끄나풀이라는 게 밝혀지면 사해방의 해적들이 자신을 따르지 않을 것임은 불을 보듯 뻔했다. 사해방을 지키기 위해서라는 말은 씨도 안 먹힐 터.

"죽이고 싶지 않은 적이라면 어떻게 해야 하는지 아세요?"

마여란이 갑자기 물어왔다.

조심환은 두 눈을 가늘게 떴다.

"죽이고 싶지 않다면 자신의 편으로 만들면 된답니다."

"뭐?"

조심환이 황당하게 쳐다본 순간 마여란이 자신의 옷을 벗어내렸다.

갈빛의 나신이 적나라하게 드러났다.

"음⋯⋯!"

조심환은 저도 모르게 신음했다,

두 눈 가득히 들어온 탐스러운 젖가슴. 조심환은 자신이 저토록 치명적인 유혹을 결코 거부할 수 없다는 사실을 잘 알고 있었다.

"말년에 운수가 대통이로구나!"

＊　　　＊　　　＊

"밖이 왜 이리 소란스러운 것이냐?"

사천룡의 물음에 그의 시비가 한걸음에 달려가 이유를 알아왔다.

"웬 자들이 수레마다 시체들을 실어 오고 있답니다."

"시체라고?"

시비의 말이 끝나자마자 사천룡이 밖으로 나갔다.

이제 막 폐관을 마치고 나온 터라 부친께 인사를 여쭈어야 하지만, 왠지 모를 불길함에 그의 발걸음은 정문으로 향하였다.

'철혈검벽악(鐵血劍劈岳)이 육성에 올라섰다. 그런데 어찌 이리도 불안하단 말이냐!'

폐관을 마칠 때만 해도 자신감이 넘쳐흘렀다.

당장 흑수라와 싸워도 이기지는 못하더라도 당당히 맞설 수 있을 것 같았다.

그런데 정문으로 향하는 걸음을 옮기는 동안 왠지 모를 불길함에 가슴이 답답했다.

철혈문의 가인들이 알아보고 인사를 해왔지만, 받는 둥 마는 둥 정문을 향해 점점 빨리 걸음했다.

이윽고 앞마당 끝에 활짝 열려 있는 정문이 보였다.

철혈문의 무인들이 몰려와 만일의 경우를 대비하고 있었다.

"소문주님……!"

수문장이 사천룡을 맞았다.

당황과 불안에 떠는 눈으로 사천룡과 멀리서 다가오고 있는 수레들을 번갈아 보았다.

사천룡은 수문장을 따라 시선을 돌렸다.

몇 대의 수레가 줄지어 다가오고 있었다. 한 줄로 오고 있어 정확하지는 않지만 세 대 혹은 네 대인 것 같았다.

하나 중요한 건 수레가 아니었다.

"흑영대?"

사천룡이 놀라 중얼거렸다.

수레를 끌고 오는 시커먼 복장의 무리가 보였다.

무림강호에 흑의를 입는 이들이 어디 흑영대뿐이겠는가만, 사천룡은 보자마자 흑영대를 떠올릴 수밖에 없었다.

"안에는? 문주님께 보고드렸나?"

"예. 지금쯤 기별이 닿았을 겁니다."

수문장의 대답에 안도가 되는 사천룡.

순간 사천룡의 미간이 확 찌푸려졌다.

'내가 이토록 유약한 존재였나?'

아무래도 흑수라에게 당한 게 컸나 보다.

하긴 철혈문의 위세를 업고 잔뜩 으스대고 살다가 한 방에 나가떨어졌으니.

사천룡은 쓴웃음음을 지으며 수문장에게 물었다.

"저들의 정체는 알아보았나?"

"아직입니다."

"아직이라고? 구경꾼이 저토록 많이 몰려왔거늘 여태 그것조차 파악하지 못했단 말인가?"

사천룡의 말대로 양산 사람이 죄다 몰려오고 있는 듯 거리가 구경꾼으로 넘쳐났다.

"대답을 하지 않더랍니다."

수문장은 수하들을 보내 저들의 정체를 물어보라고 했다. 그러나 정체불명의 괴인들은 대답을 하지 않았고, 수하들은 그들의 기도가 심상치 않아 감히 앞을 막지 못했다.

"따라오게."

"소문주님, 여기서 기다리는 게 좋겠습니다."

"지금 그걸……."

"저들의 정체와 의중이 파악되지 않은 상황이니 기다리는 게 현명합니다."

뒤에서 들려오는 침착한 소리였다.

돌아보니 문생건을 쓰고 있는 일휘검유 이서문이 보였다.

"나오십니까."

"폐관을 마치신 걸 경하합니다."

"제 자신을 돌아보았을 뿐, 대단한 성취가 있었던 건 아니니 축하를 받을 정도는 아닙니다."

"하하하! 스스로를 돌아볼 줄 아는 것만으로도 충분히 축하 받을 일입니다."

이서문이 시원하게 웃었다.

잔뜩 경직되어 있는 철혈문 사람들의 긴장을 풀어주기 위함 이었다.

그러나 바로 이때 들려온 쇳소리가 긴장을 풀기도 전에 이목 을 끌고 가버렸다.

철그럭! 철그럭!

사천룡과 이서문 역시 시선을 돌렸다.

그리고 볼 수 있었다.

수레를 끌고 오는 괴무리의 선두로 나서고 있는 흑의인을.

"흑수라!"

경악하는 사천룡의 두 눈이 급격히 커졌다.

철혼은 성큼 걸었다.

허리춤에서 흑수라의 걸음을 알리는 소리가 끊이지 않았다.

철혈문의 정문이 가까워지자 보폭을 크게 하여 수레를 끌고 가는 흑영대원들 앞으로 나섰다.

멀리 눈에 익은 얼굴이 보인다.

사천룡!

철혈문의 소문주.

서 있는 모습에도 귀태가 흐른다.

하나 흑도의 무리가 양민들의 고혈을 쥐어짠 금전을 꼬박꼬박 챙겨 먹어 제 살을 불려온 주제에 뭐가 그리 당당하단 말인가?

철혈문!

광동 땅의 패자.

천하영웅맹 십주 중 하나인 철혈무검을 탄생시킨 명실 공히 남해무림 최강의 문파.

그러나 철혈문이 사업으로 벌어들인 금전의 오 할 이상이 부당한 거래로 취한 이득이다.

막대한 이윤이 남는 사업은 독점하고, 군소상인들에게는 철혈문이라는 이름으로 압력을 행사하여 자신들의 이득만 취하니 늘 그대로인 군소상인들에 비해 철혈문의 곳간만 잔뜩 채워지기 일쑤였다.

거기다 광동성 곳곳의 흑도 무리가 상납한 금전만으로도 철혈문을 지탱하기에 충분하고도 남을 정도이니, 광동성의 금전을 모조리 빨아들이는 괴물 같은 곳이 바로 철혈문이랄 수 있었다.

그런 철혈문의 이름으로 태어난 주제에 저토록 멋을 부리고 있으니 참으로 가관이다.

오늘, 철혈문의 위세가 얼마나 흉악한 것인지 백일하에 드러날 것이다.

그리고 흑수라의 철퇴가 철혈문의 이름을 산산이 부숴 버릴 것이다.

흑의에 묵빛의 장포, 그리고 얼굴 한쪽에 자리한 상흔.

흑수라다.

흑영대의 대주, 전장의 살귀.

이서문 역시 직감적으로 철혼이 흑수라라는 걸 알아보았다.

거기에 사천룡이 그 사실을 확인시켜 주니 얼굴색이 급변했다.

"어서 문주님께 알리게."

이서문의 명에 수문장이 수하를 안으로 들여보냈다.

"소문주께서는 문주님께서 나오실 때까지 나서지 마십시오."

철혼의 강함을 알기에 차마 그럴 수 없다는 말은 못하고 눈살을 찌푸리며 쳐다보는 사천룡.

그러나 이서문의 입에서 나온 말은 사천룡의 간담을 서늘하게 만들기에 충분했다.

"우 대협께서 팔숙을 전부 데리고 용문(龍門)으로 가셨습니다. 지금 본 문에는 문주님과 철혈백의대뿐입니다."

흠칫하는 사천룡.

설마 하는 얼굴로 묻지 않을 수가 없었다.

"우 대협께서 당한 건 아니겠지요?"

"그렇지는 않을 겁니다. 만약 그런 일이 벌어졌다면 어떻게든 기별이 왔을 겁니다."

이서문은 그래야 한다고 믿고 있다.

그러나 틀렸다.

기별은 오지 않는다. 아니, 올 수가 없다.

우황을 비롯하여 철혈문의 무인은 단 한 사람도 살아남지 못하고 전멸했기 때문이다.

"저 수레에 실려 있다는 시체들은……."

아닐 것이다.

한때 남해의 전설이었던 분이 저런 수레 따위에 실려 있을 리가 없다.

사천룡은 상상만으로도 끔찍하여 말을 맺지 못했다.

"기다려 보면 알게 되겠지요."

입안이 말라가는 이서문.

속으로는 우황 등이 당했을 리가 없다고 계속 위안했다. 용문의 일은 이쪽의 전력을 둘로 나누기 위한 흑수라의 술책이었을 거라고 결론지었다.

시간상 그것이 맞다.

우황이 이끌고 있는 철혈문의 정예는 지금쯤 용문을 코앞에 두고 있을 테니까.

하지만 그게 아니라면?

놈이 우 대협을 비롯한 팔숙들을 죽이고도 저토록 멀쩡한 것이라면?

어쩌면 상상도 하기 싫은 끔찍한 일이 이곳에서 벌어질 지도 모른다.

그럴 수는 없다.

그래서는 안 된다.

"아닐 게야. 아닐 것이다."

"예에?"

"아, 그냥……."

이서문은 자신의 머릿속에서 어지럽게 헝클어지고 있는 바를 입 밖으로 꺼낼 수가 없었다. 의아해하는 사천룡을 모른 척하며 전방을 주시했다.

성큼성큼 다가오고 있는 흑수라.

이서문은 철혼에게서 시선을 떼지 않았다.

하지만 철혼이 다가오는 만큼 불길한 느낌이 더욱 커가고 있었다.

그것이 두려움이라는 것을 아직은 인지하지 못했다.

십 보.

딱 그만큼의 간격을 두고 흑수라 철혼이 걸음을 멈췄다.

차가운 얼음을 박아 넣은 듯 냉혹한 두 눈이 사천룡과 이서문을 번갈아 보더니 이내 그들 뒤쪽의 철혈문의 정문을 바라보았다.

"문주가 보이지 않는군?"

"아무나 볼 수 있는 분이 아니다."

사천룡이 발끈하여 소리쳤다.

철혼의 시선이 사천룡에게 향했다가 다시 이서문에게로 향했다.

"남패곤(南棍), 압운장(壓雲掌), 장추권(長鎚拳), 백의검(白衣劍)은 죽였는데, 일휘검유(一輝劍儒)로 짐작되는 이가 보이지 않더군요. 일휘검유 이서문, 맞소?"

나직이 깔려 나온 철혼의 말에 이서문이 두 눈을 터질듯 부릅떴다.

"설마?"

"그 설마가 맞을 거요."

"그럴 리가……."

"그럴 리가 있소."

"말장난하자는 건가?"

"문답이 무용한 상황이고, 그쪽이 일휘검유가 맞는 것 같으니, 시작해 봅시다."

"뭘 시작하자는 건가?"

이서문의 물음에 철혼은 한쪽으로 비켜섰다.

"……!"

사천룡의 두 눈이 커졌다.

철혼의 뒤로 세 대의 수레가 일렬로 늘어서 있는 게 보였다. 각 수레에는 서너 구의 시체가 참혹한 몰골로 실려 있었다.

복장을 살펴보니 철혈문의 무인들은 아니다. 그렇다고 일반 사람들도 아니다.

'백건방(白巾幫)?'

한쪽 수레에 실려 있는 시체들을 살펴보니 새하얀 무명천을 머리에 두르고 있다.

이곳 양산에서 반나절 거리에 있는 광녕(廣寧)의 뒷골목을 지배하고 있는 흑도 패거리다.

언젠가 사천룡이 동생 사진룡과 함께 광녕에 갔을 때 어찌 알았는지 한걸음에 우르르 달려와 허리를 굽실거리던 자들이니 못 알아볼 수가 없다.

'저들은 왜 죽인 거지?'

사천룡이 놀라는 표정을 지을 때였다.

수레 옆에 서 있던 섭위문이 손을 뻗어 한 시체의 머리를 들어보였다.

"백건방주 서굉이란 자로 광녕 양민들의 등골을 뽑아 먹고 있던 독충 같은 자요. 염왕채에 보호비는 물론이고, 납치, 강간, 살인. 광녕에서 사라졌거나 목을 매단 이 중 이자와 관련되지 않은 이가 없을 정도요."

사천룡의 미간이 찌푸려졌다.

왜 죽였는지는 알겠다. 하나 그러한 일을 이곳에서 읊고 있는 연유가 무엇이란 말인가?

거리에 가득한 양산 사람이 죄다 들을 수 있도록 큰 소리로 또박또박 외치는 목적이 무엇인지 심히 불안했다.

섭위문은 그런 사천룡을 바라보다 두 번째 수레로 다가가 또한 구의 시체를 일으켜 얼굴이 보이도록 하였다.

"이자는 영덕(英德)에서 염왕으로 군림하고 있는 대월파(大鉞派)의 두목이오. 이자가 도끼로 찍어 죽인 양민의 숫자가 십 년 동안 삼십이 넘소. 매해 두세 명은 죽였다는 걸 알 수 있소. 이유는 딱 하나, 돈을 갚지 않았다는 건데, 갚으려고 찾아와도 쳐 죽였소. 왜냐하면 돈을 갚으면 그 사람의 사업체를 꿀꺽할 수가 없어서였고, 그 사람의 부인, 딸, 혹은 손녀를 수중에 넣을 수가 없어서였소. 정말이지 잔악무도한 놈이라 살려둘 수가 없었소."

거리는 침묵에 잠겼다.

섭위문의 목소리만이 천둥처럼 울렸다.

지옥염라왕의 명을 받고 온 사신처럼 얼음같이 차가운 기운을 물씬 풍기는 섭위문.

사람들은 섭위문의 말과 행동에 집중할 수밖에 없었다.

이윽고 마지막 세 번째 수레로 손을 뻗은 섭위문.

"이자는 청원(淸遠)에서 흑월방(黑月幫)을 이끌고 있는 염사기라는 자인데, 청원의 저자에서 자릿세를 뜯고, 도박장에서 사기 친 금액이 실로 어마어마하더이다. 잔인한 흑도답게 살인과 겁간을 밥 먹듯 했고."

거기까지 말한 섭위문은 다시 제자리로 돌아와 섰다.

사천룡과 이서문은 인상을 잔뜩 쓰고 있었다.

"죽어 마땅한 자들이라는 건 알겠는데, 그렇다고 함부로 살상을 하였으니 천하영웅맹에서 그 죄를 물을 것이네."

이서문이 불안한 얼굴로 말했다.

"그전에 철혈문의 죄를 물어야 할 거요."

"뭐?"

"저들의 소굴에서 찾아낸 장부들을 조사했더니, 절반에 가까운 금액이 이곳 철혈문으로 흘러간 것으로 기록되어 있더군요."

"헛소리! 감히 그런 얼토당토않은 말로 철혈문을 능멸하려들다니, 흑수라 네놈이 기어코 좌도방문의 길로 들어서고야 말았구나!"

이서문이 분노와 탄식을 섞어가며 말했다. 좌도방문을 말할 때는 특히 크게 외쳤다. 철혼과 흑영대를 사마외도의 무리로 전락시키려는 수작이었다.

철혼의 입꼬리가 비틀어 올라갔다.

"그런가? 얼토당토않은 소리인가? 이 커다란 철혈문을 유지하는 데 천문학적인 거금이 필요하기로서니 명망 높은 철혈무검께서는 힘없는 양민들을 등쳐먹는 짓은 하지 않았다 이건가? 하면 저 흑도 패거리가 철혈문에서 돈을 빌렸거나 아니면 워낙 까막눈인 놈들이라 장부에 잘못 기록했다는 거겠군."

철혼이 빈정거렸다.

그 빈정거림을 따라 거리의 사람들이 웅성거렸다.

일반 양민들을 괴롭히는 흑도방파와 철혈문이 어떻게든 연결이 되어 있다는 건 이미 알 만한 사람은 죄다 아는 사실이었다.

알아도 쉬쉬하고 말을 못하는 건 철혈문의 위세가 너무 거대했기 때문이다.

그런 마당이니 철혈문을 상대로 시비를 걸고 있는 철혼과 흑영대의 정체에 대해 진한 관심을 가졌다.

일부의 사람은 이서문이 흑수라고 외친 것을 듣고 철혼과 흑영대의 정체를 짐작하고는 주위 사람들과 웅성거렸다.

'좋지 않다. 시간을 끌어봐야 본 문에 해가 될 뿐이다.'

이서문은 논쟁을 끝내고 싶었다.

할 수만 있다면 무력을 동원하여 눈앞의 흑수라와 흑영대를 단숨에 쓸어버리고 싶었다.

그러나 무력이 딸리는 곳은 오히려 철혈문이었다.

"그거 아시오?"

"뭐가 말이냐?"

"이자들 말이오. 철혈문에서 부른다고 하니 한걸음에 달려왔더이다."

"뭐라?"

이서문의 얼굴이 확 일그러졌다.

흑도방파가 철혈문에서 부르는데 오지 않고 버틸 수 있을까?

당연한 이야기이지만, 시기가 실로 절묘하여 마치 철혈문의 하수인으로 비춰지게 생겼다.

아니, 그게 사실이나 마찬가지이니 양산 사람들에게 들통이 나게 생겼다고나 할까.

"흑수라! 어디서 개수작이냐! 감히 그따위 거짓으로 본 문을 농락하고도 살아남을 수 있을 것 같으냐!"

사천룡이 고함을 질렀다.

검을 뽑아 들고 뛰쳐나가려고 했다.

그러나 이서문이 정면에서 가로막았다.

"비키십시오."

"경거망동하지 말라고 하지 않았습니까!"

이서문이 갑자기 소리쳤다.

평소에 화를 내지 않는 사람이 역정을 내자 정신이 번쩍 들었다.

사천룡은 흥분을 가라앉히고 살기가 서리서리 넘쳐흐르는 얼굴로 철혼을 쏘아봤다.

"네놈 말이 거짓임을 밝혀낸 후 네놈들을 천 갈래 만 갈래로 찢어 죽일 것이니 그리 알고 썩 꺼져라!"

사천룡이 상처 입은 맹수처럼 으르렁거렸다.

그러나 철혼은 피식 웃었다.

확실히 애송이는 애송이였다. 아니면 상황 파악이 떨어지든지.

흑영대가 이곳에 온 건 시시비비를 가리기 위함이 아니었다.

철혈문의 현판을 부숴 버리기 위함이었다.

흑도의 무리를 죽이고 이곳까지 실고 온 건 흑영대의 정당함을 밝히고 천하에 큰 파장을 불러일으키기 위함이었다.

협잡과 권모술수가 판을 치고, 인간의 도리와 시장의 원칙이 아닌 약육강식, 즉 힘의 원리가 사람들의 숨통을 짓밟는 불공평하고 불공정한 세상의 모든 불합리와 부조리를 향해 흑수라와 흑영대의 이름으로 철퇴를 가하겠다는 것이다.

천하영웅맹을 비롯한 세상의 모든 불법의 원흉인 기득권의 오만을 향해 날리는 선전포고를 하기 위함이었다.

그러니 철혈문의 현판을 부숴 버리기 전에는 결코 물러날 수 없다.

"끌고 와."

철혼이 명하자 흑영대 뒤쪽에서 한 사람을 끌고 왔다.

얼굴 곳곳에 피멍이 들어 있는 사진룡이었다.

"진룡아!"

사천룡이 움직이려 하자 이서문이 옷자락을 붙잡았다.

철혼은 그런 사천룡을 향해 조소를 지어 보이며 거리의 모든 사람이 들을 수 있도록 내력을 실어 큰 소리로 말했다.

"철혈문의 이 공자 사진룡, 오 년 전, 지금은 사라지고 없는 정가 국수집의 손녀를 겁간한 것을 비롯하여 오 년 동안 이십여 명의 처자에게 몹쓸 짓을 한 아주 극악무도하고 파렴치한 놈이지. 자신은 풍류공자라고 떠들고 있지만, 그 망할 놈의 풍류 때문에 목을 매고, 절벽에서 뛰어내린 사람이 십수 명에 이른다."

"이놈! 증거도 없이 어찌 그런……."

"증거라면 충분하고도 넘친다. 이놈에게 당한 사람들과 저기 수레에 실려 있는 백건방, 대월파, 흑월방의 수괴들이 바로 그 증거이고, 증인이다."

"가증스러운 놈! 말도 안 되는 헛소리 말고, 어서 동생을 놓아주지 못할까!"

사천룡이 발악하듯 외쳤다.

하나 철혼은 깨끗이 무시하고는 제 할 말을 선언하듯 외쳤다.

"무공을 익혔으되 어질고 선량한 이들을 겁박하는 데나 사용하고 있으니 사람들에게 해악일 뿐이다."

말을 마친 철혼이 철곤 하나를 뽑아 들었다.

사진룡의 얼굴에 두려움이 떠올랐고, 사천룡은 다급히 고함을 질렀다.

"무슨 짓을 하려는 거냐?"

사천룡의 외침을 무시한 철혼은 철곤을 휘둘러 사진룡의 단전을 가격해 버렸다.

'퍽!' 소리와 함께 사진룡이 돼지 멱따는 듯한 괴성을 지르며 땅바닥을 떼굴떼굴 굴렀다.

단전이 부서졌으니 내공을 사용할 수 없을 터, 삼류무인보다 못한 상태로 전락하고 말았다.

"흑수라!"

사천룡이 고함을 질렀다.

그러거나 말거나 철혼은 다시 한 번 큰 소리로 외쳐 말했다.

"사내로 태어났으되 정욕을 채우고자 여인들을 짓밟는 데나 사용하고 있으니 차라리 없는 것이 세상에 이로울 터!"

사진룡이 고개를 번쩍 들었다.

결코 상상하고 싶지 않은 일.

그 일이 벌어질 것이라는 예감에 몸을 움츠리려는 찰나, 철혼의 발이 그의 사타구니 안쪽을 짓밟아 버렸다.

"끄어어어어억!"

지독한 고통에 사진룡이 사색이 되어 다시 한 번 땅바닥을 뒹굴었고, 그와 동시에 격분을 참지 못한 사천룡이 이서문을 뿌리치고 신형을 날렸다.

"흑수라! 죽여 버리겠다!"

십여 보를 한 걸음에 축약하고 벼락같이 짓쳐 오는 사천룡의 모습은 무척이나 위맹해 보였다.

그러나 철혼이 수중에 들고 있던 철곤을 아무렇게나 휘두르자 '쾅!' 하는 굉음이 터지며 철혈문의 신룡이라는 사천룡이 쪼개진 장작 날아가듯 단박에 나가떨어지고 말았다.

사천룡의 뒤를 따르며 만일의 경우를 대비하고자 했던 이 서문은 깜짝 놀라 자신을 향해 날아오는 사천룡을 받아야 했다.

"사람이 사람답고, 무(武)를 배운 사람이 무(武)를 뽐내지 말아야 세상이 바로 서는 법이거늘, 알량한 무공으로 세상 사람들을 깔아뭉개고 짓밟았으니, 오늘 천하인들을 대신하여 철혈문을 멸(滅)하도록 하겠다."

철혼의 엄중한 목소리가 거리를 떨어 울렸다.

거리에 몰려와 있는 양산 사람들은 이게 다 무슨 일이냐는 듯 놀라고 당황하여 철혼에게서 시선을 떼지 못했다.

"무(武)를 익히고 배워 사마외도를 향해 뽐내었고, 그 알량한 무공으로 양산과 광동성을 튼튼히 지키고 있거늘 누가 감히 본문의 검을 비웃을 수 있단 말이냐!"

노기가 가득한 음성.

천둥처럼 거리를 송두리째 뒤흔들었다.

'이제야 나오는가?'

철혼의 입가가 비틀렸다.

철혈문의 문주이자 광동성의 패주, 철혈패검 사후량의 등장이었다.

등장하자마자 불문의 사자후와 같은 일갈을 토한 건, 양산 사람들에게 철혈문의 건재함을 인식시키고자 함이고, 이쪽의 기세를 꺾으려 함이다.

말하자면 주도권을 쥐겠다는 것인데, 헛수고다. 시간 낭비일 뿐이다.

흑영대주 흑수라에 대해 제대로 파악하지 못하고 있다.

흑수라가 무서운 건 단지 무공이 강하기 때문만은 아니다.

철혼은 입꼬리를 잔뜩 비틀어 올린 얼굴로 천천히 돌아보았다.

그가 보였다.

한눈에 보기에도 일문의 수장쯤 될 것 같은 위풍당당한 기도.

눈앞의 사람을 압도하려드는 서릿발 같은 위엄.

철혈문의 문주 철혈패검 사후량이 틀림없었다.

"네놈이 흑수라더냐?"

"처음 뵙는군요. 제가 흑영대주입니다."

노기 서린 사후량의 물음에 철혼은 담담히 응답했다.

포권 따위는 하지 않았다.

스승이신 맹주의 존엄성을 짓밟고 깔아뭉갠 자들에게는 그 어떤 예우도 하고 싶지 않았다.

그러나 차마 인간의 법도를 모른 체할 수가 없어 존댓말 정도는 해주었다.

"천하영웅맹에 흑영대 따위는 존재하지 않는다."

"흑영대는 천하에 존재합니다."

"사마외도에 물든 자들이 이곳까지 쳐들어오다니, 그 용기가 가상타만, 오늘 모조리 목을 베어버릴 것이니 각오 단단히 하는 게 좋을 게다."

"각오는 천하영웅맹을 나서는 순간부터 금성철벽보다 더 단단하게 다지고 있으니, 염려 말고 시작해 보십시오."

철혼의 대꾸에 사후량의 두 눈이 불을 토했다.

하나 곧장 검을 뽑지 않았다.

마음에 꺼려하는 바가 있기 때문이다.

철혈의 무인이라 하더라도 자식의 생사 앞에서는 다 소용없는 법, 둘째 아들이 철혼의 발치에 뒹굴고 있거늘 어찌 함부로 공격할 수가 있겠는가.

"자식의 목숨은 귀하다는 거겠지요? 이 귀한 목숨 때문에 얼마나 많은 사람이 피눈물을 흘리고 목숨을 내던졌는지 알기나 합니까?"

"……"

"추잡스럽고 더러운 목숨 따위는 관심 없으니 가져가십시오."

철혼은 사타구니를 부여잡은 채 잔뜩 웅크리고 있는 사진룡을 걸어차 버렸다.

"켁!"

사진룡은 저만큼 날아가 사후량의 발치께 나뒹굴었다.

"이제 방해될 게 없으니, 그 잘난 철혈문의 위엄을 맘껏 발휘해 보시지요?"

철혼은 빈정거리면서 쥐고 있던 철곤을 역수로 돌려 잡더니 칼과 하나로 결합하여 칼을 뽑았다. 그리고 곧 왼손으로 나머지 철곤을 뽑아 들었다.

오른손에는 길이가 다섯 척에 달하는 대도를 쥐고, 왼손에는 두 자 길이의 철곤을 쥔 형국이 되었다.

두 병기를 나눠 쥐고 사후량을 향해 자세를 고쳐 잡으니 바람이 부는 듯 옷자락이 마구 펄럭이며 강대한 기운이 확 일어났다.

스윽!

철혼은 대도를 들어 사후량을 가리켰다.

"오지 않겠다면 제가 갑니다."

철혼은 한 걸음에 도약하여 번개같이 일도를 그었다.

촤— 악!

공간이 둘로 쪼개지는 듯한 착각이 일었다.

칼끝에 도사린 기운이 심상치 않음을 느낀 사후량이 석 자 길이의 장검을 뽑아 뇌전 같은 기세로 불쑥 뻗었다.

기세 싸움이다.

누구의 무력이 더 강한지 정면충돌했다.

꽝!

칼과 검, 내력과 내력의 충돌로 강렬한 기음이 폭발했다.

철혼은 두 걸음을 물러났고, 사후량은 한 걸음 물러나 크게 휘청였다.

언뜻 보면 철혼이 약세를 보인 듯했다.

그러나 당황하고 있는 건 사후량이었다.

'이게 놈의 전부가 아니다!'

직접 접전을 펼치고 있는 사람만이 느낄 수 있는 직감이다.

두 걸음을 물러나 있지만, 놈에겐 그 이상의 여유가 있다.

다급하고 벽에 몰린 건 자신이다.

단 하나의 수.

그걸 꺼내야만 놈을 상대할 수 있다.

'놈이 그것조차 받아넘긴다면?'

아니야. 아닐 것이다.

그래도 모르니 마지막 비기를 꺼내기 전에 놈이 가진 바를 확인해 보고 싶다.

마음을 굳힌 사후량은 오른발을 내밈과 동시에 장검을 비스듬히 휘둘렀다.

가벼워 보이는 일검에 구성의 공력이 잔뜩 실려 있어 검적을 따라 가공할 거력이 소용돌이쳤다.

콰— 앙!

허공을 단숨에 가르고 날아든 철혼의 대도 역시 강맹한 거력을 담고 있었다.

충격파만으로도 철혈문의 정문이 들썩일 정도로 아찔한 격돌이었지만, 두 사람은 서로의 병기를 맞댄 채 한 치도 물러나지 않았다.

접점을 중심으로 패력과 패력이 첨예하게 대치했다.

'어떻게 저럴 수가 있지?'

한쪽에서 지켜보던 이서문은 크게 놀랐다.

흑수라가 강할 거라는 거야 능히 짐작하고 있었지만, 설마하니 문주와 어깨를 나란히 할 정도일 줄은 정말이지 상상도 못한 일이다.

'안 되겠다. 흑영대까지 상대해야 하니 서둘러 흑수라를 처치해 버려야겠다.'

이서문은 결심과 동시에 신형을 날렸다.

촤라라라— 촤촤촤!

버들가지처럼 낭창낭창 휘어지는 연검이 거세게 요동치며 철혼의 측면을 파고들었다.

'류연휘광(柳連輝光)!'

철혼은 눈으로 확인하기도 전에 기세만으로도 일휘검유 이서문이 기습을 하고 있다는 사실을 알아차렸다.

버들잎처럼 부드러운 검이지만, 찰나의 순간 치명적인 급소를 파고드는 날카로운 검공이라는 걸 익히 들어 알고 있었다.

'하지만 연검으로는 패왕의 칼을 감당하지 못해!'

생각과 동시에 철혼은 천뢰의 신공을 확 뽑었다.

'투─웅!' 하는 기음이 터지며 사후량이 튕겨났다.

안색이 딱딱하게 굳어버린 사후량.

찰나의 순간 철혼의 공력이 폭발하듯 쏟아지며 짜릿한 기운이 그의 검신을 타고 올라왔다.

흡사 뇌기에 감전된 듯 전신의 신경을 마비시키려고 했다.

'천뢰장?'

맹주의 천뢰장이 떠오른 건 당연지사.

하지만 생각은 길게 이어지지 못했다.

번─쩍!

눈앞을 밝히는 짙푸른 섬광.

"크악!"

단말마의 비명.

낭창낭창 요동치며 폭사하는 검공을 왼손의 철곤으로 쳐내고 오른손의 대도를 휘둘러 당황하는 이서문의 몸을 대각으로 비스듬히 양단해 버렸다.

찰칵!

곧바로 왼손의 철곤을 대도와 결합하는 철혼.

다섯 척에서 칠 척으로 늘어난 대도를 쭉 뻗어 사후량을 가리
켰다.

"이제 제대로 해봅시다."

"이놈!"

격분한 사후량이 섬전처럼 쇄도했다.

길게 뻗은 장검.

검끝에 요동치는 가공할 기운.

일순간 사후량의 모습이 사라지고 거대한 한 자루의 검끝 만
이 공간을 가득 채웠다.

'철혈검벽악!'

틀림없다.

대기가 응신(應神)하여 거대한 검의 모습으로 요동치고 있는
게 그 증거다.

'이제야 꺼내는가?'

철혼은 비릿한 미소를 지으며 대도를 뒤로 늘어뜨린 다음 사
후량이 간격 안으로 들어오기를 기다렸다가 천뢰의 신공을 극
성으로 폭발시킴과 동시에 대도를 단숨에 휘둘렀다.

부아아아아아악!

공기가 터져나가는 꽝음.

'헉! 이게 뭐냐!'

사후량의 두 눈이 경악으로 가득 찼다.

공간을 가르는 대도에서 짙푸른 섬광이 벼락같이 튀어나왔다. 이제까지 보지 못한 무지막지한 파괴력이 섬광 속에 도사리고 있어 부딪치기도 전에 전신의 신경이 잔뜩 위축되어 버렸다.

8장

지옥에 온 걸 환영해 드리겠습니다

"철혈문주가 죽었습니다."

"뭔 헛소리냐!"

"철혈문주 철혈패검 사후량이 죽었단 말입니다."

비쩍 마른 체형의 사내, 녹산귀(綠傘鬼)가 투덜거리듯 소리치자 흉불악(凶佛惡)이 비대한 몸을 마구 움직이던 것을 멈추었다.

"진짜냐?"

"뭐 볼 게 있다고 거짓말까지 해가며 여기에 있겠습니까?"

"누가 죽였냐?"

"혹수라입니다."

"뭐하는 놈인데?"

"이런 썅! 만날 계집질이나 해대니 머리통이 굳어버린 거 아닙니까. 요화(妖花) 누님도 그렇소. 웬만하면 상대를 바꿀 때도

됐잖소. 어째 만날 단주하고만 하는 거요? 내가 이래 뵈도 물건 하나만큼은… 헉!"

바지 위로 자신의 양물을 움켜쥐어 보이던 녹산귀가 헛바람을 들이켜며 신형을 비틀어 피하자 '퍽!' 소리와 함께 녹산귀 뒤쪽의 벽에 머리통만 한 구멍이 뻥 뚫렸다.

"니 건 꽉 들어차는 맛이 없어서 싫어!"

"해보지도 않고 어떻게 알아요?"

"니 건 가늘잖아!"

"어?"

"화양이가 네놈이 올라타면 느낌이 없다고 하소연하더라."

"이런 망할 년! 가랑이를 찢어버려야겠군."

"그랬다간 네놈 머리통을 씹어 먹어버릴 거야."

"뭔 소릴 그렇게 흉악하게 하는 거요?"

"시끄럽고, 흑수라가 뭐하는 놈이냐니까?"

흥불악이 갑자기 끼어들어 호통을 질렀다.

"천하영웅맹 흑영대 대주가 흑수라잖아!"

"그놈이 그놈이었어?"

"그래. 그러니까 주둥이 다물고 하던 짓이나 계속해. 녹산귀 넌 얼른 꺼지고."

요화라 불린 중년의 미부가 빽 소리를 지르자 흥불악이 음흉한 미소를 지으며 비대한 몸을 움직여 댔다.

"하악! 하악! 더 세게!"

요화의 비음이 실내를 진동시켰다.

"염병할! 적당히 하고 나오십시오."

녹산귀는 짜증을 폭발시키고 밖으로 나가 버렸다.

흥불악과 요화는 들은 체도 하지 않고 하던 짓을 계속했다.

흥불악의 몸이 어찌나 비대한지 침대가 부서질 듯 삐거덕 거렸다.

"어? 그놈이면 우리 살생부에 올라 있잖아?"

"맞아."

"그럼 이러고 있을 때가 아니지."

흥불악이 갑자기 생각났다는 듯 뱃살을 출렁이며 일어나려 하자 그 아래에서 새하얀 팔이 불쑥 올라와 덥석 움켜잡았다.

"뭐하는 짓이야?"

"흑수라, 그놈 잡으러 가야지!"

"흑수라고 지랄이고 간에 급한 불부터 꺼야 할 거 아냐! 얼른 달려!"

"아, 알았어."

잠시 멈추었던 흥불악의 비대한 살이 열심히 출렁거리기 시작했다.

*　　　*　　　*

천하영웅맹 감찰부.

흑운감찰단주 소면검 양교초를 중심으로 집법부, 밀첩부의 부주들을 비롯한 핵심 인물이 한자리에 모여 있었다.

"흑수라가 나타났다는 게 사실인 모양이네."

"양산에서의 일도 사실이랍니까?"

밀첩부주의 말에 소면검(笑面劍) 양교초가 궁금한 얼굴로 물었다.

"그건 아직 확인 중이네."

"하면 흑수라라는 건 어떻게 알았답니까?"

"산두에서 일단의 무리가 하선한 게 목격되었고, 수상한 느낌이 들어 그쪽 비주(秘主)가 여러 비선을 움직였는데, 개중 흑수라의 얼굴을 아는 이가 있었던 모양이야. 그리고 젊은 사내의 얼굴에 난 흉터가 흉측하더라는 말이 있다고 하니……."

밀첩부주가 말꼬리를 흐렸다.

슬쩍 시선을 던지는 모습이 양교초의 눈치를 보고 있음이 역력하다.

이는 근자에 생겨난 버릇이다.

자신이 눈과 귀로 직접 보고 들은 게 아닌 사실을 이야기할 때는 지금처럼 말끝을 어물쩍거렸다.

"소문이 사실이든 아니든 간에 철혈문에 일이 터진 건 맞는 모양이군."

집법부주의 맞은편에서 중후한 목소리가 들려왔다.

감찰부주였다.

좌중이 설명을 바란다는 눈빛으로 바라보자 느긋한 모습 그대로 입을 열었다.

"이틀 전에 철혈무검께서 맹을 나섰는데, 그 방향이 광동인 것이 최종 확인 되었네."

"하면 소문이 정말일 수도 있겠군."

"그게 사실이라면 반가워해야 하는 겁니까?"

모두들 어찌 받아들여야 할지 난감하다는 표정이다.

그때 양교초가 좌중을 둘러보며 입을 열었다.

"뭔가 이상하군요."

"뭐가 말인가?"

"양산에서의 일이 사실 유무와 상관없이 철혈무검께 보고된 게 너무 빠릅니다."

"그게 무슨 말인가?"

"밀첩부의 첩보가 당도한 게 오늘이고, 소문은 그보다 빠른 어제부터 나돌았습니다. 그리고 철혈무검께서 움직인 건 이틀 전이고, 뭔가 이상하지 않습니까?"

"그렇군. 간혹 본부의 보고보다 풍문이 더 빠른 경우도 있지만, 그런 경우는 대개 사소한 일들인데, 철혈문에 횡액이 닥치는 정도의 일이라면 절대 사소한 일이 아닌데……."

"풍문은 둘째 치고 철혈무검께 보고가 그토록 빨리 갔다는 게 의아하군. 혹시……?"

"혹시가 맞을 것 같습니다. 흑수라 그놈이 잔머리를 굴린 겁니다."

감찰부주의 말을 양교초가 받았다.

그러나 몇몇은 이해를 할 수 없다는 표정이었다.

잔머리를 굴려 철혈무검에게 보고가 빨리 당도하게 했다는 말이니 납득할 수가 없었던 것이다.

"흑수라 그놈이 철혈무검께 직접 사람을 보냈을 겁니다. 철혈문을 박살 냈으니 어서 달려오라고 말입니다."

"그게 말이 된다고 보는가?"

결국 적운감찰단주가 납득할 수 없다는 얼굴로 물었다.

모두들 양교초를 바라봤다.

양교초는 피식 웃었다.

"자신감이 있다는 거겠지."

"자신감?"

"철혈무검을 쓰러뜨릴 수 있다는 자신감 말이야."

"지금 그게……."

"벌써 잊었는가? 놈이 이곳을 나갈 때 벽력각주를 일장에 쳐 죽였다는 걸."

"천뢰장!"

"맞네. 천뢰장이네. 아무래도 천뢰장의 성취가 더 올라선 모 양이군."

"하면 큰일이지 않은가?"

적운감찰단주가 낯빛을 굳히며 말했다.

그러나 양교초는 태연하기만 했다.

"큰일은 철혈무검께 닥친 거고, 우리가 무슨 상관인가?"

"……?"

모두들 당황한 얼굴로 양교초를 바라봤다.

흑수라라면 자신들과 생사대적이나 마찬가지거늘 태평한 태 도를 보이는 양교초를 이해할 수 없다는 표정들이었다.

"놈이 지금 이 자리에 있는 것도 아니거늘 우리가 호들갑 떨 필요가 있습니까? 설사 흑수라 그놈이 전임 맹주만큼 강해진다 고 해도 걱정할 필요가 없습니다."

"걱정할 필요가 없다니, 그게 무슨 말인가? 전임 맹주님의 천뢰장은……."

답답한 얼굴로 말하던 밀첩부주가 입을 다물었다.

양교초가 손을 들어 제지했기 때문이다.

"우리가 그놈과 싸울 일은 없습니다. 적당한 때가 되면 원로 몇몇을 놈에게 보내면 그만이니까요."

실내의 공기가 어색하게 흘렀다.

아직 양교초의 말을 명확하게 알아듣지 못한 때문이다.

양교초는 고개를 저으며 다시 말했다.

"지금 여러분들이 걱정할 일은 흑수라 같은 버러지가 아니라 본 맹의 대권입니다. 본 맹의 권력을 제가 손에 쥐게 되면 모든 걱정이 사라집니다. 안 그렇습니까?"

양교초가 마지막 물음을 던질 때는 감찰부주를 바라보았다.

그러자 눈치 빠른 감찰부주가 맞장구를 쳤다.

"맞네, 맞아. 자네가 차기 맹주가 된다면 흑수라 따위가 무슨 대수겠는가. 자네 말대로 원로 서너 분을, 아니, 한 다섯 분을 놈에게 보내 버리면 그만이지."

하긴 전임 맹주라 하더라도 원로원의 봉공 다섯 명까지는 감당하지 못할 것이다.

그제야 모두들 고개를 끄덕이며 활기를 되찾았다.

이때 밀첩부주가 갑자기 물어왔다.

"말이 나왔으니 말인데, 정말 자신이 있는 건가? 이제 열흘도 안 남았는데……."

"여러분께서 할 일은 혹시 모를 원로원의 거부권 행사를 미연에 방지할 수 있도록 각 부처의 인사를 최대한 많이 끌어모아주는 겁니다. 신분이 명확하지 않다는,등 헛소리를 하며 억지를 부리지 못하도록 이쪽의 세력을 최대한 부풀려 놓으십시오. 그리만 해주신다면 이제의 후예들을 누르고 단상에 우뚝 서는 건 제가 해내겠습니다."

천룡대제전이 코앞으로 다가왔다.

사람들은 이제의 후예 중에 우승자가 나올 것이라고 떠들지만, 그런 일은 절대 일어나지 않을 것이다.

'왜냐하면 우승자는 내가 될 테니까.'

하단전에 잔뜩 웅크리고 있는 비인(非人)의 기운이 그것을 장담하게 한다.

백검룡과 적도룡이 숭검제와 적도제의 무공을 팔성 이상으로 익혀내지 못하는 한 자신을 이길 방도는 없다.

하늘조차 뒤집어 버린다는 번천(翻天)의 공(功)이거늘 온실 속에서 키워진 애송이들이 어찌 감당할 수 있을까.

'기다려지는군. 우후후후!'

*   *   *

양산 북쪽 인근의 야산.

어둠이 세상을 삼켜 버린 시각.

흑영대는 밤바람을 피할 수 있는 곳에 자리를 잡고 야영했다.

군데군데 모닥불을 피워놓고 전포로 몸을 감싸니 한기를 몰아낼 정도는 되었다.

불편하더라도 유사시에 가장 빠른 속도로 반응할 수 있도록 자세를 잡고, 오른손은 병기와 가장 가까운 곳에 위치시켰다.

그리고 단잠을 잔다.

침상에서 숙면을 취하는 사람마냥 깊은 잠을 잔다. 순간순간의 토막잠이라도 깊은 잠을 잘 수 있어야 한다. 그렇게 해서 육체의 피로를 짧은 순간에 최대한 풀어내는 것에 익숙해져야 한다.

그러나 무인의 신경을 열어두어 미세한 소리에도 반응할 수 있어야 한다. 그러지 못하면 목숨을 꺼내놓고 다니는 흑영대의 생활을 버틸 수 없다.

"잠이 안 오냐?"

나지막하게 들려오는 소리에 유검평이 눈을 떴다.

한 발짝 떨어진 곳에 소귀가 누운 채 눈을 뜨고 있다.

"어찌 아셨습니까?"

"자는 인간은 숨소리가 다르거든."

"그렇습니까?"

"선배의 뛰어난 감각을 의심하지 말고, 잠을 못 자는 이유나 말해봐."

"그냥 잠이 안 오네요."

"그냥이 어딨어? 걱정되냐?"

"그런 가봅니다."

"흑영대원이 된 지 한 다섯 달 됐지 싶은데, 뭐가 걱정이냐?"

자꾸 묻는 소귀.

유검평은 그런 소귀를 빤히 바라보았다.

심심해서 관심을 가지는 것 같지는 않고.

'동료애라는 건가?'

뭔가 낯간지럽긴 하지만 그렇게 설명할 수밖에 없다.

"죽는 건 두렵지 않다고 자부했었는데, 생각보다 판이 커지니까 자꾸 두려운 모양입니다."

"판이 커져?"

"생각해 보십시오. 저 같은 놈이 언감생심 천하영웅맹과 다투게 될 것이라고 꿈에라도 상상해 보았겠습니까?"

유검평이 한숨과 함께 한 말이다.

물음이라기보다는 한탄에 가깝다.

소귀는 그런 유검평을 빤히 바라보다 피식 웃고 말았다.

"너도 별수 없구나!"

"예?"

"살검을 체득하려고 흑도에서 뒹굴 정도로 지독한 놈이니 뭔가 다를 줄 알았는데, 우리랑 별반 다르지 않다는 말이다."

"알아듣기 쉽게 말해주십시오."

"흑영대원 모두가 너처럼 천하의 주류에서 소외된 사람이라는 건 알고 있지?"

"예."

"모두 악으로 깡으로 꽉꽉 채워진 사람들이다. 지금은 다들 아닌 것처럼 태평하게 행동하지만, 다들 천하영웅맹에서 흑영대가 처한 상황을 알고 나서는 절망까지는 아니어도 낙담하고 두려워하고 그랬다. 아, 물론 죽는 게 두려워서 그런 게 아니라 너처럼 천하영웅맹이라는 거대한 군집에 대한 막연한 두려움 같은 것이지."

"전부 그랬단 말입니까?"

"전부 그랬는지 내가 어떻게 알겠냐. 조장님이 그렇다고 말해주니 그런가 보다 하는 것이지. 아, 그런데 조장님이 재밌는 이야기도 해주었는데, 딱 한 사람은 달랐다고 하더라."

"달라요?"

"그래. 단 한 번도 낙담하지 않았고, 단 한 번도 두려워하지 않았던 사람이 있대. 심지어 자신보다 배는 더 강한 고수 앞에서도 눈곱만큼도 쫄지 않았다고 하더라."

"누굽니까?"

"저 인간."

소귀가 모닥불 앞에 앉아 있는 철혼을 턱짓했다.

"대주님은 정말 남다른 데가 있나 보군요."

"가슴에 복수심이 가득했으니까."

"아!"

유검평도 알겠다는 표정을 지었다.

광주의 십전철가, 그리고 서문 노야의 일에 대해 어느 정도는 알고 있었던 것이다.

"하긴 복수에 미쳐 있는 사람이 뭐가 두렵겠습니까."

"중요한 건 그게 아니고, 지금 네가 막연하게 두려워하는 건 천하영웅맹이라는 거대한 괴물이잖아?"

"그렇지요."

"그래서 내가 하고 싶은 말은 대주님도 그에 못지않은 괴물이니까 믿으라는 거다. 십주고 뭐고 간에 대주님이 우리들을 지옥으로 끌고 들어간 데는 그만한 자신감이 있다는 것이고, 혹여 일이 잘못되더라도 함께 죽었으면 죽었지 우리를 내팽개치지는 않을 테니까 염려하지 말라는 거다."

"그렇습니까?"

"내말이 가슴에 와 닿지가 않지?"

"그게 아니라……."

"괜찮아. 나도 그랬으니까. 한 일 년 정도는 겪어봐야 내가 한 말을 이해하게 될 거다."

유검평은 입을 다물었고, 소귀는 그런 유검평을 빤히 바라보다 이내 밤하늘을 향해 얼굴을 돌렸다.

"내가 그동안 맹주님을 믿고 따른 건지 대주님을 믿고 따른 건지 의문이었는데, 천하영웅맹에서 나오고 나니까 알겠더라. 난 말이야 지금까지 대주님을 믿고 따랐던 거였어."

스스로에게 하는 말 같다.

충격까지는 아니어도 제법 놀라운 말이다.

유검평은 자신도 모르게 저쪽에 앉아 있는 철혼에게로 시선을 돌렸다.

담담한 얼굴로 섭위문, 탁일도 등과 대화를 나누고 있었다.

모닥불의 불빛이 철혼의 얼굴을 붉게 물들여 놓고 있었다. 언뜻 보면 철혼의 주위로 대기가 이글거리는 것 같은데, 아마 모닥불의 열기 때문이지 싶다.

'여러모로…….'

다시 바라보니 이상한 광경이 보인다.

모닥불 가까이에 다섯 사람이 보이는데, 유독 대주 주위의 대기만 아지랑이 같은 파동을 쉴 새 없이 일으키고 있다.

체외로 뿜어진 공력이 공기를 불태우는 공력의 발양(發陽) 따위가 아니다.

쉴 새 없이 파동하고 있는 대기의 떨림.

분명 대주의 존재감이다.

은연중에 흘러나오는 기도에 대기가 스스로 반응하고 있는 것이다.

두 번째로 보는 광경이다.

천하영웅맹을 나올 때 한 번 본 적이 있다.

하지만 그때는 싸우는 중이라 전신에 공력이 충만할 때다.

지금은 공력을 운행하지 않고 있다.

그럼에도 저런 존재감을 과시하고 있다는 건 초월경 혹은 절세지경에 완전히 들어섰음이다.

정말이지 놀라울 따름이다.

'…괴물이야. 괴물.'

인정할 수밖에 없다.

대원들이 괴물이라고 부르는 이유를 충분히 알 것 같다.

유씨 가문의 검을 완성해야만 하는 사명.

검을 완성하고 후대에 전해야 하는 몸이니 목숨을 함부로 버릴 수 없다. 그로 인해 막연한 두려움에 사로잡혀 있었다. 죽어서는 안 된다는 경계심이 불안감을 불렀다.

원인을 알면서도 떨칠 수가 없었는데, 어쩌면 달라질 수도 있겠다.

괴물 같은 대주의 존재감에 위안이 된다.

주산군도에서의 수련으로 무공이 한 걸음 더 나아갔다는 자신감도 있다.

흑영대와 함께하다 보면 유씨 가문의 검공을 완성할 수도 있겠다는 기대감도 든다.

상황이 그러하거늘 더 이상 무얼 바랄까?

더 이상은 욕심이다.

'그래, 어떻게든 불안감을 털어버리자.'

못할 게 없다.

소귀 선배도 하는데 나라고 못할까.

"소귀 선배는 왜 흑영대가 되었습니까?"

문득 궁금해서 물었다.

그런데 대답이 없다.

고개 돌려보니 두 눈을 감고 있다.

"선배?"

"갈 데가 없었다."

"갈 데가 없었다니, 그게 무슨……."

"그렇게 알고, 이제 자자."

자세한 이야기를 해주지 않으니 더 궁금해진다.

하나 본인이 거부하는데 물고 늘어질 수도 없으니…….

똑바로 누워 밤하늘을 올려다보니 별이 거의 보이지 않는다.

구름이 잔뜩 몰려왔나 보다.

모닥불이 아니라면 정말 어두울 것 같은 분위기다.

'내 앞날도 저러려나? 모르겠다. 그냥 자자.'

유검평은 억지로 잠을 청했다.

"자금이 바닥입니다."

섭위문의 말에 철혼의 표정이 무거워졌다.

먹고 자는 거야 몸으로 때울 수도 있지만, 전마를 구입하고 병기를 구입하는 일은 돈이 있어야만 한다.

특히 귀궁노에 사용하는 강전을 구입하는 비용이 만만치가 않았다.

먹는 것도 언제까지고 사냥에 의지할 수만은 없다. 고기만 먹다가는 몸에 불균형이 올 수도 있다고 한다.

"쯧! 철혈문의 금고라도 털어버릴 걸 그랬습니다."

"그랬다간 우리가 하고자 하는 바가 도적질로 전락하고 말텐데?"

"그런가?"

탁일도가 답답한 듯 말을 꺼냈다가 섭위문의 대꾸에 머쓱한 표정을 지었다.

"사도천의 무리를 찾을 방도가 없을까?"

철혼이 물었다.

사도천의 무리를 찾아 털자는 뜻이다.

철혈문의 금고를 털었다간 사방팔방에 소문이 나겠지만, 사도천의 무리는 감히 자신들의 금고가 털렸다는 말을 하지 못할 것이다.

그랬다간 자신들의 정체가 탄로 날 것이기 때문이다.

"사조장한테 알아보라고 할까요?"

삼조와 사조는 인근의 도시들을 돌아다니며 필요한 정보들을 알아보는 중이다.

"그렇게 해."

철혼의 승낙이 떨어지자 섭위문이 자리에서 일어나 가까운 숲으로 갔다.

사조원 중의 하나가 대기 중이었다.

철혼의 명을 사조장에게 전달하기 위한 전령인 셈이다.

철혼은 어둠 너머로 사라지는 섭위문에게서 시선을 뗐다.

"팔조장은 검에 힘이 실리는 것 같던데, 섬에서 뭔가 깨달은 모양이지?"

철혼의 말에 모두의 시선이 팔조장 운남천에게로 향했다.

운남천은 한 손으로 자신의 장검을 쓰다듬으며 씩 웃었다.

"그렇게 지독한 수련을 했는데도 늘지 않으면 바보지요."

모두들 동의한다는 듯 고개를 끄덕였다.

몸에 밧줄을 묶었다고는 하나 한 치 앞도 보이지 않는 깊은 바닷물 속에서 홀로 병장기를 휘두르는 건 정말이지 끔찍할 정도로 꺼림칙했다.

어둠에 맞서야 했고, 천근 같은 물의 압력을 갈라야 했다.

흑영대원이 되어 악전고투를 밥 먹듯이 하지 않았다면 중도에 포기하고 말았을지도 모른다.

단 한 명의 예외 없이 그 지독한 수련을 해냈고, 모두들 값진 성과를 얻었다.

아니, 딱 한 사람 예외가 있다.

"이조장한테는 미안하군."

철혼의 시선이 탁일도에게로 향했다.

원래 파괴적인 힘으로 적을 밀어붙이는 탁일도에게는 깊은 바닷물 속에서 천근의 압력을 갈라야 하는 수련이 크게 도움이 되지 못할 거라는 게 철혼의 판단이다.

좀 더 빨라지고, 좀 더 힘이 붙기는 했겠지만, 다른 조장들이나 대원들처럼 괄목상대할 만한 진전은 얻지 못했을 것이다.

이 같은 생각을 수련을 하기 전에 했더라면 좋았을 것을 수련을 마치고 주산군도를 떠나기 직전에야 깨달았다.

그래서 탁일도에게 미안한 마음이 들었다.

그런데 웬걸, 탁일도가 씩 웃는다.

웃음 속에 자신감이 엿보인다.

"내 판단이 틀린 모양이군."

"후배들이 기어오르는데, 저라고 가만히 있어서야 되겠습니까."

"뭔가 진전이 있었던 모양인데, 어떻게 된 건지 궁금하군."

"별거 없습니다. 나한테 가장 부족한 걸 수련했을 뿐입니다."

탁일도가 함박웃음을 지었다.

득의만만한 표정이다.

그때였다.

"성과를 이뤄낸 건 칭찬할 일이지만, 내 충고는 쏙 빼놓고 말하다니 이거 실망인걸?"

섭위문이 돌아오고 있었다.

철혼은 그제야 어떻게 된 일인지 알 수 있었다.

섭위문이 탁일도에게 도움이 될 만한 조언을 한 모양이다. 궁금한 것은 과연 어떤 조언을 했느냐다.

"지금 말하려고 했어."

"믿음이 가지 않는군."

"어허! 날 쫌팽이로 보는 거야?"

"가끔 그렇게 굴 때도 있으니까."

"뭐야?"

탁일도가 짐짓 인상을 썼다.

그러나 섭위문이 곁에 앉을 때까지 가만히 있었다.

"이제라도 이야기해 보지."

"뭘?"

"내가 얼마나 위대한 조언을 해주었는지 말이야."

"위대하긴 개뿔!"

"알았어. 큰 도움을 주고도 칭찬은커녕 비웃음만 사는군. 앞으로 더 이상의 조언은 없을 테니까, 그런 줄 알게."

"어허! 위대한 섭 대인께서 왜 이러시나!"

두 사람의 뜬금없는 익살에 모두들 입가에 미소를 지었다.

평소 얼음처럼 냉철한 모습만 보이던 섭위문이라 더더욱 유쾌한 분위기가 되었다.

"좋네. 다시 한 번 기회를 줄 테니, 최대한 이 몸을 찬양해 보게."

섭위문의 말에 탁일도가 얼굴을 확 일그러뜨렸다.

하나 곧 얼굴에 철판을 깔고 오만한 턱짓을 하며 말했다.

"위대하신 섭 대인께서 이 몸의 부족함을 알고 신법을 연성하라고 조언해 준 덕분에 대주 발치를 쫓을 정도로 섬뢰보가 능수능란해졌다고 감히 단언합니다. 험험!"

말과는 달리 철혼의 발치를 쫓을 정도는 아니다.

하나 일문의 수장쯤 되는 고수가 아니라면 격투 중에 주위를 둘러볼 정도로 섬뢰보의 성취에 자신감을 얻었다.

말하자면 여유를 얻은 셈이다.

"축하할 일이로군."

철혼이 만면에 미소를 지으며 고개를 끄덕였다.

진심이 담긴 모습이었다.

"으흐흐! 이제 빠르다고 지랄하는 놈들 콧대를 부숴 버릴 수 있게 되었으니, 뭐, 충분히 만족합니다."

"아직 만족할 단계는 아니지. 더 위로 올라가야 그놈의 쌍판을 부숴놓을 게 아닌가."

여기서 그놈이란 감찰부 흑운감찰단주 양교초를 일컫는다.

흑영대와 맹주부를 괄시하고 비웃던 양교초의 쌍판을 자신의 주먹으로 부숴 버리겠다고 흑영대 내에서 공공연하게 떠들었던 탁일도였다.

"기분 잡치게 여기서 그놈 이야기는 왜 꺼내고 지랄입니까?"

"귀가 열려 있는 대원들도 있을 것이네. 적당히 하게."

탁일도의 말이 지나치자 섭위문이 지적하고 나섰다.

철혼이 대주가 되기 훨씬 전, 그러니까 조장이 되기도 전에는 원래 탁일도의 조원이었다.

그 때문에 이따금 탁일도의 말투가 심해질 때가 있었다.

"죄송합니다."

탁일도가 고개를 숙였다.

정중했다. 그 모습을 보고 철혼은 웃었다.

탁일도가 자신을 대주라고 깍듯이 대하고는 있지만 심중에는 막내동생을 대하듯 아끼고 있음을 잘 알고 있었다.

"자, 분위기 망쳐서 미안하지만, 밤도 깊어가니 철혈무검과 철혈각 이야기를 해볼까?'

철혼은 웃으며 화제를 돌렸다.

*　　*　　*

보는 이의 눈을 시원하게 만드는 푸른빛의 무복을 입은 노인이 말을 달리고 있었다.

백발이 가지런한 머리에 짙푸른 관모를 쓰고 있어 한눈에 보기에도 범상치 않아 보이는 노인, 바로 철혈무검 사중천이었다.

뒤로는 일백여 명의 무인이 호쾌한 기운을 뿜내고 있었다.

천하영웅맹에 상주하고 있던 철혈각의 무인들이다.

철혈백룡대(鐵血白龍隊)!

철혈참마대(鐵血斬魔隊), 철혈질풍대(鐵血疾風隊), 그리고 철혈무인대(鐵血武人隊) 중에서 앞날이 창창한 젊은 청년무인들로 일백을 골라 천하영웅맹에 상주시켜 사중천이 직접 무공을 가르치고 있었다.

향후 철혈문의 소문주인 사천룡과 함께 천하를 호령할 정예들이었다.

'흑수라……'

놈의 무공을 직접 본 적은 없다.

하나 놈에 대해 들은 건 아주 오래전부터였다.

놈이 흑수라라는 별호로 유명해지기도 전이었다.

—흑영대에 쓸 만한 놈이 있더군. 버리기엔 아까운 놈이라 상황을 보아 거둬들일 생각이니 그때 가서 핀잔하지 말게.

천하영웅맹의 십주의 일인이자 벽력도문의 전대문주인 도패(刀覇) 화경홍이 한 말이다.

그때는 그런가 보다하고 넘어갔는데, 실수를 했다.

도패가 눈여겨 볼 정도라면 상당한 자질을 갖추었다는 뜻임에도 흑영대 소속이라는 것 때문에 관심을 두지 않았다.

'그때 관심을 가지고 알아보라 시켰다면 지금의 상황이 달라졌을까?

후회가 아니다.

그저 궁금할 따름이다.

전임 맹주가 그토록 오래 버틸 수 있었던 건 전적으로 흑수라의 존재 때문이었다.

귀주성 육반수(六盤水)의 대혈전에서 놈의 존재가 너무 크게 부각되었다.

그날 이후로 놈을 바라보는 젊은 층의 시선이 달라져 버렸다.

'혈도부(血屠斧)를 날려 버리고, 혈전대(血戰隊) 일백을 홀로 뚫어버렸다고 했던가.'

당시 놈이 사도천 삼십육살(三十六殺)의 일인인 혈도부를 날려 버리고, 전멸할 위기에 빠진 흑영대(黑影隊)를 탈출시킨 일로 떠들썩했다.

새파란 놈의 등장에 젊은 층이 현혹되어 버렸다.

물론 일부에 불과하나 그 일로 놈에 대한 관심이 급증했고, 흑영대에 대한 관심으로 번졌다.

'그리고 맹주에 대한 관심을 불러일으켰지.'

그 탓에 맹주를 도태시키려던 계획이 일 년 이상 늦춰져 버렸다.

전임 맹주의 하야는 그가 자초한 일이다.

물이 지나치게 깨끗하면 물고기들이 살지 못하는 법.

맹주는 너무 고고했다.

그래서는 천하를 아우르지 못하는 법이다.

세상이 달라졌으니 영웅맹도 그에 맞춰 달라져야 하는데, 전임 맹주는 이상에 사로잡혀 현실을 인지하지 못했다.

새로운 영웅맹에는 전임 맹주가 필요치 않다.

십주들은 그 의견에 만장일치했다. 맹주를 하야시키기로 합의했다.

세력이 없고, 뿌리가 없는 맹주를 끌어내리는 건 어려운 일이 아니다.

그것이 모두의 생각이었는데, 의외로 맹주가 완고하게 버텼다. 거기에 흑수라의 등장까지 맞물려 계획보다 일 년 이상이 늦어져 버렸다.

'늦게나마 박힌 돌을 뽑아버렸으니 탄탄대로라 여겼거늘!'

결국 흑수라가 끝까지 말썽이다.

천뢰신공과 분쇄곤.

놈이 천뢰신공을 익혔다는 건 자신도 최근에 알았다.

그 두 무공의 조합은 상당히 위협적이다. 근접전에 최적화된

분쇄곤과 패력이라면 둘째가라면 서러워할 천뢰신공이 아니던
가.

—벽력도패의 칼은 생각보다 강하지 않더이다. 철혈무검의 검은
어떨지 궁금하니 싹 쓸어버리기 전에 빨리 오는 게 좋을 겁니다.

흑수라가 보내온 협박이다.

그러나 협박에 분노할 새도 없이 말을 달려야 했다.

놈이 벽력도패를 죽인 게 사실이라면 벌써 상당한 경지까지
올라섰다는 것이니 자신 이외에는 철혈문의 검공으로는 힘들
다.

문주와 남패곤이 연수합격을 한다면 충분하겠지만, 문주의
성격상 그렇게 할 리가 없다.

"서둘러라!"

철혈무검 사중천은 자신의 장남인 철혈문의 문주 사후량을
떠올리며 달리는 말에 채찍질을 가했다.

*   *   *

"철혈백룡대주는 참뢰검(斬雷劍) 모수광이란 자로 움직임이
빠르고 손속이 냉혹한 자입니다. 저와 약간의 시비가 있었던 자
이니 제게 맡겨주십시오."

섭위문이 담담한 얼굴로 말했다.

천하영웅맹의 오만한 족속치고 흑수라와 흑영대를 욕하고 비

아냥거리지 않은 이가 있겠는가만, 참뢰검 모수광은 섭위문의 면전에서 흑수라를 깔아뭉개고, 흑영대를 어린놈 발바닥이나 핥고 있다고 욕했다.

당시에는 아무렇지도 않은 듯 참아 넘겼지만, 결코 잊지 않았다.

이제 기회가 왔으니 그날의 수모와 분기를 한꺼번에 돌려주어야 하지 않겠는가.

"좋아, 그렇게 해. 대원들을 지휘하는 건 탁 조장이 맡도록 하고, 섭 조장의 싸움에 방해가 되지 않도록 신경 써주도록 해."

"존명! 간만에 섭 조장이 광란하는 모습을 볼 수 있는 건가?"

탁일도가 기대한다는 얼굴로 웃었다.

"놈이 그럴 만한 상대가 된다면."

섭위문의 눈빛이 차가워졌다.

철혼은 그런 두 사람을 바라보다 대열을 갖춘 채 쉬고 있는 대원들을 둘러보았다.

"귀궁노 사용을 아끼지 말라고 했나?"

철혈백룡대가 철혈무검의 가르침을 받아 상당히 강하다고 알려져 있지만, 흑영대 역시 전임 맹주의 가르침을 오랫동안 받았다.

거기에 온갖 혈전을 겪으면서 실전에 익숙해졌고, 전장의 돌발상황에 대한 대처도 능숙했다.

그럼에도 마음을 놓을 수 없는 게 전장에서 죽는 이들 중 상당수가 눈 먼 칼에 당하기 때문이다.

그런 일을 미연에 방지하려면 귀궁노를 적극 활용하여 적들의 혼을 쏙 빼놓아야 한다.

"그렇게 지시해 두었습니다. 이거 사용할수록 위력이 뛰어나다는 걸 알게 되니, 귀궁노가 좀 더 있었다면 하는 아쉬움이 큽니다."

탁일도가 입맛을 다시며 말했다.

이는 탁일도만의 생각이 아니었다. 섭위문을 비롯한 조장들도 같은 생각이었고, 철혼 역시 비슷한 아쉬움을 가지고 있었다.

"십전철가가 세상 밖으로 나올 날이 있을 거라고 했으니, 그때 가서 청해보지."

철혼은 십전철가의 가주 철중앙을 떠올렸다.

마지막으로 헤어진 날 보여주었던 결연한 모습이 눈앞에 생생했다.

─십전천병가는 다시 세상으로 나갈 것이다. 하나 천하의 십전천병가가 빈손으로 출도할 수는 없는 일, 본 가의 이름에 걸맞게 세상을 깜짝 놀라게 할 신병이기를 제작할 생각이다. 그때가 되면 다시 만나게 될 것이니 그때까지 본 가를 찾아올 필요가 없다.

'십전천병가… 기대하고 있겠습니다.'

귀궁노와 같은 기물을 제작할 수 있는 곳이니 정말 대단한 병기가 나올 것 같다.

좀 더 일찍 알았더라면 도움을 받을 수 있었을 텐데, 하는 아쉬움도 든다.

'아니야. 지금은 홀로 서야 할 때다. 나약해지지 말자.'

철혼은 고개를 저었다.

흑영대 조장들과 대원들을 둘러보니 든든하기만 했다.

모자람이 보이지 않았다. 천하영웅맹과 맞설 수 있는 든든한 힘이다. 이들과 함께라면 그 어떤 세상도 두렵지 않다.

무얼 더 바랄까.

서문 노야께 배운 꿩뢰도 하나만 가지고 뛰어든 혈전장, 거기서 만나 지금껏 온갖 지옥을 함께 헤쳐 온 전우들이거늘.

"충분히 쉬었으니 이제 시작해 볼까!"

철혼의 외침에 흑영대원들이 자리에서 일어났다. 시시덕거리던 얼굴이 사라지고, 지옥야차와 같은 전장의 살귀들이 차가운 눈을 번들거리고 있다.

철혼은 만족스런 미소를 지었다.

"우린 세상을 뒤집기로 작정한 전사들이다. 하나 위정자들과 늙은 탐욕이 바글거리는 복마전(伏魔殿), 천하영웅맹이라는 허울 좋은 이름을 부수기 위해서는 곧은 칼로는 역부족이다. 천하의 오명과 온갖 질타는 내가 짊어질 테니 수단 방법을 가리지 말고 적들을 죽여라. 그리하여 우리가 왜 흑영대인지, 사도천의 척살대상 중 수위를 차지하고 있는 이유가 무엇인지, 천하영웅맹에 똑똑히 보여주자! 알았나?"

철혼의 외침에 육십여 명의 흑영대원이 일제히 자신의 가슴팍을 두들겼다.

육십여 명이 쏟아내는 열기가 확 솟구쳤다.

여기에 투기와 살기가 폭발적으로 어우러지면 전장의 광기가 된다. 아직은 적과 부딪치기 전이니 광기까지 끌어올릴 필요는 없다. 긴장을 풀어버릴 수 있는 이 정도가 딱 좋다.

간만에 감흥에 젖은 철혼은 마지막으로 섭위문과 탁일도를 비롯한 조장들을 바라보았다.

모두들 결연한 표정을 짓고 있었다.

철혼이 천하영웅맹 십주의 일인인 철혈무검과의 격돌을 앞두고 있지만, 염려의 빛이라곤 찾아볼 수가 없다.

굳건한 믿음.

절대적인 신뢰.

그리고 함께한다는 뿌듯함이 만면에 가득했다.

"한 놈도 살려주지 마."

"존명!"

섭위문이 대표로 명을 받들었다.

철혼은 한 차례 고개를 끄덕인 후 북쪽을 향해 돌아섰다.

다급한 말발굽 소리가 태풍처럼 밀려오고 있었다.

"철혈의 무검! 지옥에 온 걸 환영해 드리겠습니다."

철혼은 흰 이를 드러내 하얗게 웃었다.

9장

패왕(覇王)의 칼과 무검(武劍)의 검

일백여 기의 인마가 숲에서 튀어나왔다.

선두에는 푸른 복장의 사중천이었다.

전마 위에 앉아 있는 모습만으로도 위풍이 당당하여 태산이 몰려오는 듯 장중한 기운이 넘쳤다.

"광동 땅의 흉물!"

철혼이 홀로 중얼거렸다.

그의 두 눈은 시종일관 사중천에게 못 박혔다.

흑도의 무리가 양민들의 고혈을 쥐어짠 금전을 꼬박꼬박 챙겨 먹어 제 살을 불려온 주제에 뭐가 그리 당당하단 말인가?

살기 가득한 눈으로 쏘아보는 철혼의 모습.

그 뒤로 넓게 반원을 그리며 포진한 흑영대.

그 진세가 무엇을 의미하는지 사중천은 한눈에 알아보았다.

"감히!"

철혈무검을 포함하여 모조리 죽이겠다는 뜻이니 어찌 분노하지 않을까.

"흑수라는 내가 맡을 테니, 너희는 저 흑영대 놈들을 쓸어버려라!"

"존명!"

사중천의 명에 바로 뒤에서 굵은 음성이 명을 받아들었다.

철혈백룡대주 모수광이었다.

그의 두 눈 역시 흉흉하게 불타고 있었다.

두두두두!

일백여 기의 전마가 폭이 그리 넓지 않은 들판을 마구 짓밟으며 돌격했다.

그들의 전방에는 철혼과 흑영대가 단단한 진세를 구축하고 있었다.

"걸려들었군."

"늙어 탐욕이나 부릴 줄 알았지, 전장의 격렬함 같은 건 진즉에 잊어버렸겠지."

섭위문과 탁일도가 의미심장하게 두런거렸다.

비웃음이 역력했다.

무인의 기개와 전귀들의 광기는 잊어버리고, 아귀처럼 탐욕이나 부리고 있는 늙은이 따위는 추호도 두렵지 않았다.

철혼은 두 사람의 말을 들으며 칼과 철곤들을 뽑아 하나로 결합하였다.

"잊지 마, 십 장이야."

철혼은 그 말을 남기고 무서운 속도로 질주해 오고 있는 사중천과 철혈백룡대를 향해 빠른 속도로 튀어 나갔다.

그 광경에 사중천이 입가에 조소를 베어 물며 검을 뽑아 들었고, 순식간에 삼십여 장을 돌파한 철혼은 입을 크게 벌려 사자후와 같은 일갈을 터뜨렸다.

"지공굉참(至功宏斬)!"

천지를 뒤흔드는 일갈을 터뜨린 철혼은 신형을 갑자기 멈춤과 동시에 강맹하기 짝이 없는 일도를 그었다.

촤― 악!

공간이 둘로 쪼개지는 듯한 착각이 일어날 정도로 칼끝에 도사리고 있는 기운이 심상치 않았다.

하나 분노한 사중천에게는 단숨에 부숴 버려야 할 버러지의 몸부림에 지나지 않았다.

"흑수라, 이놈!"

사중천이 마상에서 우레와 같은 소리를 지르며 일검을 그었다.

석 자 길이의 장검을 통해 뇌전과 같은 강기가 불쑥 뻗어왔다.

검은 본시 쾌(快)와 변(變), 그리고 환(幻)의 무리(武理)를 따른다.

그러나 철혈문의 검은 그걸 거부한다.

섬(閃)과 패(霸), 그리고 강(强)을 추구한다.

철혼의 무공 성향과 같다. 그래서 더더욱 크게 부딪친다.

쾅!

패력과 패력의 정면격돌.

엄청난 폭발음이 천지간을 뒤흔든 가운데 강기의 파편을 잔뜩 머금은 충격파가 화탄이 터지듯 사방으로 폭사했다.

당연하게도 사중천의 바로 뒤에서 돌진하고 있던 철혈백룡대가 거기에 휩쓸리고 말았다.

"헙?"

철혈백룡대주 모수광은 자신을 덮치는 충격파를 피해 신형을 측면으로 날려 벗어났지만, 그의 수하들은 그러지 못했다.

"크악!"

"끄아아아악!"

강가의 파편에 정통으로 맞아 머리통의 반이 날아가 버린 철혈백룡대원과 타고 있던 전마와 함께 몸이 둘로 갈라져 버린 대원이 끔찍한 비명을 지르며 땅바닥으로 처박혔고, 바로 뒤에서 달리던 전마가 거기에 걸려 파도가 부서지듯 왈칵 고꾸라졌다.

키히히힝!

"으아악!"

"조심해!"

비명과 비명이 난무했고, 고통에 찬 아우성이 마구 쏟아졌다.

섭위문과 탁일도가 비웃었던 게 바로 이것이다.

철혼과 사중천 정도 되는 고수들이 격돌하면 그 주위에서 충분히 물러나야 한다. 그러지 않으면 지금 철혈백룡대처럼 졸지에 횡액을 당하고 만다.

철혼과 흑영대가 지금의 장소를 전장으로 선택한 건 지금과 같은 상황이 벌어지기를 기대한 것이었는데, 오랫동안 전장을 떠나 있던 사중천이 보기 좋게 걸려들었다.

그 짧은 찰나의 순간 이십여 명이 휩쓸려 버렸으니, 상당한 피해를 입은 셈이다. 그보다 더 중요한 건 싸우기도 전에 전의가 땅으로 곤두박질쳐 버렸다는 것이다.

그나마 철혈백룡대 역시 각고의 수련을 받은 이들답게 철혼과 사중천을 중심으로 좌우로 크게 돌아 흑영대를 향해 사납게 돌진해 갔다.

그 숫자가 팔십이 채 못 되니, 육십여 명인 흑영대와 얼추 비슷하였다.

"이놈!"

뒤늦게 자신의 실기를 깨달은 사중천은 그 분노를 고스란히 철혼에게로 쏟아냈다.

쓰— 차— 앙!

불꽃을 마구 터뜨리며 칼과 검이 충돌하고, 빙글 맴돈 두 사람이 패력과 패력을 다시 한 번 부딪쳤다.

콰— 앙!

인간들의 격돌이랄 수 없는 엄청난 폭음이 터졌다.

묵빛과 푸른빛이 요동치는 충격파가 사방으로 폭사했다.

"이런 버러지 같은 놈이 정말 놀랍구나!"

사중천이 소리쳤다.

하나 얼굴에 가득한 건 감탄이 아닌 살기였다. 반드시 죽이겠다는 살의가 두 눈에서 줄기차게 쏟아졌다.

철혼은 사중천의 말을 흘려들으며 칼과 철곤들을 분리하여 칼은 땅에다 박아두고 두 자루의 철곤을 양손에 나눠 들었다.

"분쇄곤? 재밌구나. 노부를 상대로 감히 분쇄곤이라니, 좋다. 천뢰신공과 결합한 분쇄곤은 어떤지 어디 맘껏 재주를 부려보아라."

여유를 주고자 함이 아니다.

사중천은 철혼이 아닌 전임 맹주를 향해 비웃음을 날리고 있었다.

철혼을 애송이 다루듯 상대하여 자신의 머릿속에 남아 있는 전임 맹주에 대한 경계심을 마구 짓밟고자 했다.

하나 철혼의 강함을 충분히 인지한 터라 방심할 수는 없어 검을 들어 중단세를 취했다.

먼저 움직인 건 철혼이었다.

오른발이 내밀어진 순간 그의 신형이 한줄기 섬영이 되어 사중천의 면전으로 쏘아졌다.

섬뢰보(閃雷步)다.

맹주가 섬전비공보(閃電飛空步)를 공격 일변도인 분쇄곤에 맞도록 고쳐놓은 보법이다.

섬뢰라는 이름에 걸맞게 극성의 빠름을 자랑했다.

단박에 간격을 축약하는 속도가 어찌나 빠른지 사중천이 흠칫할 정도였다.

팟팟팟팟!

사중천의 코앞으로 쇄도한 철혼이 두 자루의 철곤을 폭풍처럼 휘둘렀다.

공기가 맹렬히 터져나갈 정도로 무서운 공세였다. 주산군도로 가기 전보다 훨씬 더 빠르고 강력했다.

그러나 상대는 천하영웅맹 십주의 일인이었다.

철혈문의 검은 검공답지 않게 패(覇)와 강(强)을 추구하지만, 그 밑바탕에 섬(閃)이 깔려 있었다.

촤— 아! 촤촤촤!

흡사 검신이 수개로 분열하는 듯한 착각이 일었다.

허공을 마구 유린하는 검신에 철혼의 철곤들이 쏟아내는 파상공세가 모조리 막혀 버렸다.

머리통을 부수고, 목을 찌르고, 심장을 가격하고, 하단전, 낭심, 무릎을 연달아 노려보지만, 어느 한곳 제대로 파고들지 못했다.

카가가가가강!

쇳소리만이 쉴 새 없이 터져 나왔고, 요란한 불꽃이 사방으로 튀었다.

분쇄곤은 강한 힘으로 걸리는 족족 부숴 버리는 무공이다.

하지만 눈앞의 검은 금성철벽 그 자체였다.

두들기고 두들겨도 결코 부서지지 않았다.

'역시 안 되는군.'

철혼은 실망하지 않았다.

애초 분쇄곤으로 천하의 철혈무검을 어쩔 수 있으리라 기대하지 않았다.

그럼에도 분쇄곤로 상대해 본 건, 철혈무검 같은 십주의 고수들은 어떻게 싸우는지 다양한 방법으로 겪어보기 위해서였다.

경험만큼 소중한 자산은 없는 법.

최종적으로 십주 중 수위를 차지하고 있는 이제(二帝)와 싸워야 하는 철혼이니, 그들에 못지않은 나머지 십주들과 자꾸 격돌해 보는 게 좋다.

말하자면 실전을 수련으로 삼고 있는 것이다.

철혈무검 사중천이 알았다면 칠공에서 연기를 뿜으며 광분할 일이다.

'분쇄곤의 힘이 부족해. 패왕굉뢰도의 초식을 가미시킬 필요가 있겠어.'

하나의 무공을 완성하면 삼류무공도 절세신공에 못지않게 강한 힘을 발휘할 수가 있다.

내공이 달라지고, 투로가 영향을 받아 변형되기 때문이다.

지금은 분쇄곤의 투로를 그대로 펼쳤지만, 이후로는 패왕굉뢰도의 도초가 가진 폭발적인 투로를 접목시킬 것이니, 그때부터는 분쇄곤의 파괴력이 지금과는 비교가 안 될 정도로 강력해질 것이다.

철혼은 두 자루의 철곤을 동시에 휘둘러 사중천의 가슴을 후려쳤다.

사중천이 코웃음 치며 막자 그 반탄력을 빌어 멀찍이 물러났다.

"천뢰신공과 분쇄곤으로는 어림없다. 어디 그 잘난 천뢰장을 펼쳐 보도록 해라."

사중천이 서릿발 같은 기세를 쏟아냈다.

철혼을 향한 살기였으나 전임 맹주를 향한 것이기도 했다.

혼자 고고한 척하는 눈꼴사나운 모습을 맘껏 비웃었다.

'이놈의 목을 잘라 보내주어도 그렇게 고고한 척하는지 두고

보겠다.'

사중천의 눈길이 살기로 점철되었다.

철혼은 그런 사중천을 똑바로 직시하며 두 자루의 철곤을 하나로 결합하였다. 그리고 하나가 된 길쭉한 철곤을 역수로 잡은 후 땅에 꽂혀 있는 칼자루와 하나로 결합한 후 칼을 뽑았다.

철혼은 대도의 끝으로 사중천을 겨누었다.

"패왕(霸王)의 칼과 무검(武劍)의 검, 어느 쪽이 강할 것 같소?"

"뭐?"

사중천이 의아한 표정을 지은 순간 철혼이 무서운 속도로 쇄도하여 땅을 박차고 허공으로 도약했다.

범이 먹잇감을 덮치듯 단숨에 날아가 무자비한 일도를 그었다.

쓰— 악!

철곤과 결합한 칼이 크게 곡선을 그리며 천중에서부터 뇌전처럼·직격했다.

대기가 무섭게 갈라졌다.

사중천의 두 눈이 커졌다.

심상치 않음을 알아차린 사중천이 신형을 있는 대로 틀었다가 맹렬한 기세로 일검을 휘둘렀다.

콰— 앙!

무지막지한 격돌이었다.

사중천의 신형이 수장을 튕기듯 미끄러졌다.

온몸을 울리는 충격에 전신의 모공이 송두리째 열려 버린 것 같은 기분 나쁜 한기가 사중천의 등골을 타고 올라왔다.

게다가 전신의 내기가 충격파에 흔들리고 있었다.

'정녕 패왕도법이란 말이냐!'

철혼을 바라보는 사중천의 눈빛이 급격히 흔들렸다.

한편 철혈백룡대와 흑영대 역시 정면으로 부딪쳤다.

선두에는 역시 철혈백룡대주 모수광이었다.

자신의 전마에서 뛰어내렸던 모수광은 주인을 잃은 다른 전마를 잡아탔다.

"흑영대! 흑수라의 명성에 기생하고 있는 버러지들!"

모수광은 흑영대 진영의 중심에 위치한 섭위문과 탁일도를 향해 곧장 질주했다.

그는 흑영대를 단 한 번도 인정한 적이 없다.

흑수라의 위명이야 워낙 대단하여 인정하지 않을 도리가 없지만, 흑영대까지는 아니다.

그들이 해낸 임무에 관한 풍문이 아주 대단했다.

그러나 그건 모두 과대포장된 것이었다. 전임 흑영대주와 흑수라가 워낙 강했기 때문에 임무를 완수할 수 있었던 것이지 흑영대가 대단해서 그런 게 아니다.

그럼에도 어깨에 잔뜩 힘주고 다니던 꼴 하고는!

지금도 보라.

기마대를 상대로 저따위 허술한 진세를 구축하고 있으니 참으로 한심하기 짝이 없다.

하긴 저토록 어리석은 자들이니 썩은 동아줄인지도 모르고 전임 맹주에게 달라붙어 그토록 위세를 떨었겠지.

모수광은 잔뜩 비웃는 얼굴로 달리는 말에 채찍질을 가했다.

하나 그의 비웃음은 결코 오래가지 못했다.

흑영대 진영에서 무언가를 발사했다.

빗줄기처럼 날아드는 것들의 속도가 상상 이상으로 빨랐다.

"강전? 조심해라!"

깜짝 놀란 모수광이 경고성을 터뜨린 순간 장대비 꽂히는 소리가 연달아 터졌다.

퍽퍽퍽퍽퍽퍽퍽!

키히히히힝!

일선에서 질주하던 전마들이 마구 고꾸라졌다.

이선의 전마들이 거기에 걸려 나뒹굴었다. 좀 전에 벌어졌던 일이 또다시 발생한 것이다.

철혈백룡대는 속수무책으로 쓰러졌다.

모수광이 탄 전마 역시 앞으로 고꾸라졌다.

모수광은 강전이 날아드는 속도가 너무 빨라 쳐낼 엄두조차 내지 못하고 말 등을 박차고 신형을 날려야 했다.

바로 그 순간 두 번째 강전들이 날아들었고, 우회하던 철혈백룡대원들이 탄 전마가 울음을 터뜨리며 나자빠졌다.

"전마를 버려라!"

모수광이 소리쳤다.

하나 아수라장이 되어버린 상황에서는 그의 고함이 먹혀들지 않았다.

그러는 사이 세 번째 강전들이 쏟아졌다.

이번에는 전마와 사람 가리지 않고 박혔다.

"크악!"

"컥!"

비명이 마구 터졌다.

그리고 네 번째 강전들이 모수광의 두 눈을 가득 채우며 날아들었다.

모수광은 한낱 강전 따위가 이토록 무서운 힘을 발휘할 수 있다는 사실을 처음으로 깨달았다.

순식간에 절반에 가까운 숫자가 피를 흘리고 쓰러졌다.

망연자실!

머릿속이 하얗게 비어버렸다.

이때 파도처럼 출렁이며 사납게 짓쳐 오는 투기가 느껴졌다.

모수광은 천천히 돌아섰다.

그의 두 눈에 범람하는 해일처럼 무서운 속도로 쇄도하는 검은 물결이 보였다.

"흑영대!"

흑영대에 관한 소문은 진짜였다.

전임 대주와 흑수라만 강했던 게 아니었던 것이다.

"모수광! 내가 그랬었지. 세상은 생각보다 좁아터져서 외나무다리에서 만날 날이 있을 거라고!"

흑영대 일조장 섭위문이 싸늘한 살기를 쏟아내고 있었다.

"이, 이이!"

사중천의 수염이 부들거렸다.

철혈백룡대가 무참히 박살이 나는 광경에 주체할 수 없는 분노가 폭발하려고 했다.

하나 불현듯 떠오른 경계심이 그것을 가까스로 억눌렀다.

흑수라와 흑영대를 발견한 순간, 그들의 깨끗한 복색에 철혈문에는 아무런 일이 없다고 판단했다.

그러나 철혈백룡대를 박살 내는 모습을 보니 그런 판단에 의심이 갔다.

"철혈문을 방문했느냐?"

"하면 내버려 둘 줄 알았습니까?"

"진정……."

"감정에 흔들린다 하여 철혈무검의 검이 약해지는 건 아니지요."

굳이 거짓말을 할 필요가 없다는 뜻이다.

사중천이 급격히 흔들렸다.

그는 다급히 물었다.

"남패곤은?"

"남해무림의 전설답게 확실히 강하더이다. 하나 공격 일변도라 까다롭지 않더군요."

사중천의 노안이 급격히 커졌다.

철혼의 말이 사실이기 때문이다.

오래전에 그가 우황을 무릎 꿇릴 때도 그랬다. 멧돼지처럼 저돌적으로 공격해 오는 우황의 철곤은 확실히 대단한 바가 있었지만, 워낙 공격 일변도였던 때문에 상대하기가 그리 까다롭지 않았다.

"이놈! 철혈패검은? 문주는 어찌 되었느냐?"

철혈패검은 철혈문주 사후량의 무명이다.

적도제 구양무휘가 자신의 계파인 사중천을 생각해서 그의 장자인 사후량에게 철혈패검이라는 무명을 직접 하사하였다.

"철혈문이 자랑하는 철혈검벽악……."

말을 멈춘 철혼은 신형을 비틀며 대도를 뒤로 늘어뜨린 다음 천천히 말을 이었다.

"제가 일도(一刀)로 부숴 버렸습니다."

사중천의 두 눈이 경악으로 떨렸다.

철혈검벽악은 워낙 막대한 경력을 소모시키기에 일격에 상대를 격살하지 못하면 그로 인한 어마어마한 충격을 고스란히 뒤집어쓰고 만다.

다시 말해 흑수라의 말대로 철혈검벽악이 깨졌다면 살아남지 못했으리라.

철혈문의 문주이자 자신의 아들이 눈앞에 있는 오만무도한 버러지 같은 놈에게 죽임을 당한 것이다.

"이, 이이……!"

주체할 수 없는 분노가 폭발적으로 뿜어졌다.

"이놈! 흑수라!"

사중천의 무복이 폭풍을 만난 듯 마구 펄럭였다.

분노와 살기가 뒤섞이고 충돌하여 포악한 광기를 터뜨렸다.

두 눈에 핏발이 서고, 가지런히 묶였던 머리가 풀어헤쳐져 사방으로 넘실거렸다.

전신의 모공에서 핏물이 튀어나와 마구 넘실거리는 광기를 붉게 물들였다.

"네놈이 감히!"

천둥 치는 일갈에도 광기가 가득했다.

자식을 잃은 아비에겐 그 어떤 경지의 부동심도 소용없다.

피 끓는 분노가 검을 뜨겁게 달군다.

서서히 들어 올린 검날에 미증유의 거력이 포악하게 소용돌이친다.

극도로 치닫는 대치.

극한의 긴장이 천지간에 흐르는 시간을 움켜잡았고, 사중천의 검이 철혼을 똑바로 가리켰다.

이때, 찰나의 호흡이 두 사람의 입에서 동시에 토해진 순간.

일보를 움직인 철혼이 섬전처럼 쏘아지더니 대도를 등 뒤에서부터 휘둘러 천지조차 양단해 버릴 것 같은 극강의 일도를 그었다.

패왕의 칼!

산천초목은 물론이고 대해풍파마저 무참하게 갈라 버리는 전륜무쌍의 패도.

그러나 끌어당기는가 싶더니 불쑥 찔러 넣는 사중천의 검에서 쏟아져 나오는 막대한 패력 역시 그에 못지않으니.

철혈무검과 흑수라!

철혈의 무검과 패왕의 칼!

전무후무한 절대패력이 정면으로 격돌했다.

콰— 앙!

무시무시한 굉음이 폭발했다.

지반이 풀썩 꺼졌다.

충격파가 움푹 꺼진 지반의 거죽을 휩쓸어 사방으로 파동쳐 밀려갔다.

뒤이어 극렬한 대기의 흐름에 먼지구름이 확 일어나 하늘 높이 용솟음쳤다.

그 충돌의 여파가 어찌나 강렬했는지 한쪽에서 치열한 격전을 벌이던 흑영대와 철혈백룡대가 일순 싸움을 멈추었다.

하나 그건 잠깐에 불과했다. 철혼을 믿는 흑영대는 관심을 끊고 곧바로 철혈백룡대를 무참히 쓸어버렸다.

"방금 그것이 패왕의 뇌전이냐?"

패왕뢰(覇王雷)!

패왕도법의 두 번째 절초.

첫 번째 초식인 패왕인(覇王刃)과 더불어 가장 많이 알려진 도초다.

많이 알려졌다는 건 많이 펼쳐졌다는 걸 의미하고, 그건 곧 많은 적이 죽어나갔음을 뜻한다.

"초식은 패왕뢰이나 그 안의 공력은 천뢰신공입니다."

"천뢰신공? 맹주의 그……?"

"그렇습니다."

"그렇군. 맹주가 기어코 내 발목을 붙잡는구나."

사중천이 낙담한 표정을 지었다.

광기에 잠식당한 모습이 아니었다. 모든 것을 잃어버린 허무한 자의 표정이었다.

철혼은 땅에 박은 대도에 몸을 기대고 있었다.

창백한 그의 입가로 붉은 핏자국이 보였다. 한 차례 피를 토한 때문이다.

그렇다고 심각한 내상을 입은 건 아니다.

충격파를 견디지 못한 내장이 약간의 부상을 입은 정도다.

격돌의 와중에 공력의 일부를 돌려 몸 안을 보호했어야 하는데, 철혼은 공력 운용에 대한 조예가 거기까지 이르지는 못했다.

"틀렸습니다. 당신을 붙잡은 건 당신의 탐욕이지 맹주님이 아닙니다."

"헛소리 집어치워라. 날 죽인다고 하여 달라질 것 같으냐! 어차피 네놈의 죽음 또한 기정사실이다."

"천하영웅맹은……."

"천하영웅맹은 굳건하다."

"영원불멸한 건 없습니다."

"그렇더라도 네놈 때문에 어찌 될 일은 없다."

"그럼 지옥에서라도 지켜보십시오. 제가 천하영웅맹을 어떻게 부숴 버리는지. 철혈문의 현판을 부수어 버렸듯이 천하영웅맹의 현판 역시 두 쪽으로 쪼개 버릴 것입니다."

성난 얼굴로 말을 마친 철혼이 놀라 인상을 쓰는 사중천을 향해 땅바닥의 돌멩이를 툭 찼다.

쏜살같이 날아간 돌멩이가 사중천의 가슴팍에 적중했다.

"크윽!"

피하거나 막지도 못하고 신음을 터뜨리는 사중천.

이윽고 시커멓게 타버린 사중천의 가슴에서 핏줄기가 튀며 쩍 벌어졌다.

"지옥에서 기다리겠다!"

비척거리며 뒷걸음치는 사중천.

완전히 갈라진 그의 가슴에서 지독한 피비린내가 사방으로 쏟아졌고, 연신 뒷걸음치던 사중천이 우뚝 멈추며 철혼을 노려본 순간 철혼의 칼이 그의 두 손을 잘라 버렸다.

"감히 스승님의 존체에 무례를 범한 손은 놔두고 가십시오!"

철혼은 잊지 않았다.

신뢰가 깨진 사이이니 부득이하게 확인해야겠다며 스승이신 맹주의 완맥을 잡고 공력의 유무를 확인하던 철혈무검의 오만 무례한 작태를.

그건 능욕이었다.

스승을 욕보이는 짓이었다.

털썩!

두 손이 잘린 철혈무검이 뻣뻣이 굳은 채 뒤로 넘어갔다.

천하십주의 일인으로 광동성을 지배하던 철혈무검의 처참한 최후였다.

* * *

천하영웅맹 적인각(赤刃閣).

이제(二帝)의 일인인 적도제(赤刀帝) 구양무휘를 배출한 적인 구양세가(赤刃歐陽世家)의 무인들이 기거하는 곳.

소면검 양교초가 이곳을 방문한 건 어둠이 세상을 완전히 집어삼켜 버린 시각이었다.

"감찰부 흑운감찰단주 양교초요. 적도룡(赤刀龍) 구양 소협께서 보자고 하여 이리 찾아왔으니 안에 기별을 넣어주시오."

모자라지도 넘치지도 않은 당당함.

그래서 적인각의 정문을 지키고 있는 수문위장의 눈썹이 더 찌푸려졌다.

십주에도 속하지 않은 미천한 신분인 주제에 감히 적도룡이라 불리는 소주인과 맹주 자리를 놓고 다투겠다고 하니 적인각에 상주하고 있는 적인구양세가 무인들의 양교초에 대한 분노가 상당했다.

흡사 적을 향해 독니를 번뜩이는 적개심 같았다.

"넌 가서 방금 들은 말을 그대로 전해라."

수문위장의 말에 수하가 안으로 뛰어 들어갔다.

양교초는 말없이 기다렸고, 수문위장은 양교초에게서 시선을 떼지 않았다.

"세상 참 재밌지 않소?"

수문위장이 갑자기 물었다.

양교초는 모르겠다는 표정을 지으며 되물었다.

"그런 생각을 해보지 않아서 모르겠소만, 뭐가 재밌다는 것이오?"

"흑수라, 그 버러지 같은 놈이 본 맹을 이토록 시끄럽게 만들지 누가 알았겠소?"

"확실히 그놈과 관련한 일은 놀랍고 재밌는 바가 있었소."

"한데 요즘은 다른 일로 또 시끄러운 모양이던데, 혹 들어보셨소?"

"글쎄요, 흑수라 같은 버러지가 또 있다는 말은 들어본 적이 없어서 말이오."

"버러지라고는 말하지 않았소."

"그럼 무슨 말을 하려고 했소?"

"내가 본직에 충실하느라 흘려들어서 잘은 모르오만, 신분이 아주 미천한 작자가 감히 쳐다보지도 못할 나무를 기어올라 보려고 여기저기에 똥을 싸지르고 돌아다니는 모양이오."

"쳐다보지도 못할 나무는 뭐고, 똥을 싸지르는 건 또 뭐요? 말이 앞뒤가 맞지 않으니, 누가 들으면 머리가 어찌 된 멍청하고 아둔한 인간이 똥오줌 못 가리고 혼자 주절거리는 줄 알겠소."

태연히 말하는 양교초.

수문위장이 자신을 욕하는 것임을 모르지 않았지만, 입가에 매달린 미소는 사라지지 않았다.

이 정도에 당황하고 감정을 드러낸다면 정치꾼은커녕 모사꾼조차 되지 못한다.

천하영웅맹의 맹주 자리는 정치를 해야 하는 자리다.

무(武)와 협의(俠義)를 걷는 자리가 아니다. 그걸 몰랐기에 전임 맹주가 그리 험한 꼴을 당한 것이다.

양교초는 태연자약했다.

하나 그런 양교초의 반응이 수문위장의 눈에 불똥이 튀도록 만들었다.

"지금 내가 똥오줌도 못 가리는 멍청하고 아둔한 인간이라고 욕하는 것이오?"

"그렇게 들렸소?"

"닥치시오! 감히 적인각의 수문위장인 날 능멸하고도 무사할 것 같소?"

수문위장의 날이 시퍼렇게 섰다.

순간 양교초의 입가에서 미소가 사라졌다.

이제 기다렸던 순간이다. 의표를 찌르는 일침으로 놈의 숨통을 찔러 버릴 순간인 것이다.

"감찰부, 집법부, 총관부 그리고 밀첩부를 포함한 칠백여 명과 원로원의 봉공 일곱 분이 천거한 본인에게 감히 신분이 미천하다는 망발을 해놓고, 뭐라? 닥쳐라? 무사할 것 같으냐고? 지금이 자리에서 들었던 말을 그대로 집법부에 고하면 어떤 일이 벌어질 것 같으냐?"

쏟아지는 양교초의 말에 수문위장의 시퍼런 날이 단번에 꺾이다 못해 안색이 파리하게 굳어버렸다.

"난 그저 들었던 말을 입에 담았을 뿐이니, 죄가 없소."

"죄가 있는지 없는지는 집법부에서 판단할 일!"

"나… 난 아니오. 난 그저……."

집법부는 소면검을 밀고 있다.

죄의 유무와 상관없이 끌려가면 목숨을 부지하기 힘들다. 설사 살아남는다 하더라도 병신이 되기 십상이다.

수문위장이 말을 더듬거릴 정도로 겁에 질린 이유다.

그때였다.

적인각 안에서 백의사내가 모습을 드러냈다.

"소가주께서 기다리고 계시오."

양교초는 적도룡 구양무린이 보낸 백의사내를 향해 가볍게 고개를 끄덕이며 걸음을 옮겼다.

수문위장을 지나쳐가면서 한마디 하는 것도 잊지 않았다.

"나갈 때 어떻게 하는지에 따라 집법부에 고하는 걸 결정할 터이니, 두고 보도록 하겠다."

수문위장의 얼굴이 딱딱하게 굳었다.

양교초는 뒷짐을 쥔 채 오만한 걸음을 옮겼다.

잠시 후, 양교초는 구양무린이 수련을 하고 있는 곳으로 안내되었다.

반경 이십여 장에 달하는 지하수련장.

한쪽 벽에는 온갖 무기가 진열되어 있었고, 수십 개의 야광석이 대낮처럼 어둠을 밀어내고 있었다.

"내가 언제 불렀다는 거지?"

웃통을 벗고 있는 구양무린이 구슬땀을 흘린 채 양교초를 맞았다.

양교초는 빙그레 미소 지었다.

"그렇게 말하지 않으면 만나주지 않을 것 같아서 말입니다."

"그렇게까지 날 만나고자 하는 이유가 뭘까? 참으로 궁금하군?"

구양무린이 땀을 닦으며 궁금함을 드러냈다.

양교초는 다가서며 입을 열려고 했다. 그러자 그를 이곳까지 안내해 온 백의사내가 막아섰다.

"백비(白匕), 물러나라. 설사 흑수라라고 해도 암습 따위로는 날 어쩌지 못한다."

구양무린의 명에 백비라 불린 백의사내가 비켜났다.

양교초는 구양무린을 향해 다가갔다.

세 걸음 앞에서 멈춘 양교초.

구양무린은 경계조차 하지 않고 있었다.

'자신감이 넘쳐나는군. 그러나 잠시 후에도 그럴까?'

양교초는 속으로 코웃음 치며 천천히 입을 열었다.

"한 가지 제안을 드릴까 합니다."

"맹주 자리를 다투는 것에서 물러날 수도 있다는 건가?"

구양무린이 조소하며 물었다.

그는 양교초가 찾아온 이유가 후보자의 자리에서 물러나는 대신 뭔가 대가를 바라는 것으로 여겼다.

양교초는 빙그레 웃었다.

그리고 공력을 끌어올리며 말했다.

"날 이길 자신이 없다면 사람들 앞에서 날 천거해 주도록 하시오."

"뭐?"

어이없어 하는 구양무린.

그러나 양교초의 전신에서 휘몰아치는 가공할 기운에 소스라치게 놀라 화급히 공력을 끌어올려야 했다.

이때 백의 사내 백비가 양교초의 등을 노리고 급습했다.

그러나 빙글 돌아선 양교초의 일장에 맞아 벽까지 날아가 처박히고 말았다.

그리고 움직이지 않았다.

"죽이지는 않았으니 염려 마시오."

양교초가 웃으며 다가갔다.

구양무린은 얼굴을 잔뜩 굳히며 커다란 언월도를 움켜쥐었다.

"제대로 격돌하면 둘 중 하나는 목숨을 부지하기 힘들 터."

양교초가 손을 뻗었다.

우우우우우웅!

거대한 공명음이 공간을 뒤흔들더니 양교초의 장심에서 가공할 기운이 일순간에 폭발하듯 뿜어졌다.

'맙소사, 이놈이 이토록 강했단 말이냐!'

촤아아아악!

대경한 구양무린이 마주 언월도를 휘둘렀다.

가히 전력을 다한 일도였다.

콰— 앙!

요란한 굉음이 터졌다.

그 속에서 당혹과 혼란에 빠진 구양무린이 수 걸음을 밀려나 망연자실한 표정을 지었다.

"내가 원하는 건 맹주 자리지, 그대의 목숨이 아니오."

양교초가 씩 웃고 있었다.

자신감과 비웃음이 동시에 느껴져 구양무린을 수치스럽게 만들었다.

그러나 무공의 고하가 확실하게 가려진 마당이라 분노를 터뜨릴 수도 없었다.

"소가주님! 무슨 일입니까?"

바깥에서 일대 소란이 일었다.

건물을 뒤흔들 정도로 엄청난 충격파가 느껴졌으니 어찌 그러지 않겠는가.

"별일 아니니 물러가라!"

구양무린이 밖을 향해 외쳤다.

본시 오만하고 자존심이 강한 구양무린이었다.

하나 흑수라에게 한 번 당하고 나니 세상에는 자신의 배경조차 뛰어넘는 인간이 있을 수 있다는 사실을 깨달았다.

물론 자신의 무공을 완성한다면 흑수라에게 지지 않을 거라 자신하지만, 그건 좀 더 먼 훗날의 일일 것이니, 지금은 그에게 미치지 못한다.

인정할 건 인정한다.

장부는 못 되어도 얄팍하고 싶지는 않았다.

"소면검 양교초! 무공을 감추고 있었군."

"누구나 비밀 한 가지씩은 간직하는 법이잖소?"

"무슨 장공이냐?"

"번천장(飜天掌)이라는 무공이오."

잠시 머릿속을 훑어보지만 생소한 이름이다.

하긴 세상의 무공을 자신이 어찌 다 알까?

"전력을 다한 것이냐?"

"팔성 정도 익혔고, 방금은 육성으로 펼친 것이오."

이 정도면 완패다.

목숨을 걸고 싸워도 결과가 달라지지 않는다.

구양무린은 언월도를 한쪽으로 집어던졌다.

"사람들 앞에서 날 망신시키지 그랬나?"

"그렇게 한다면 당신과 친구가 되지 못할 거잖소?"

"친구?"

"그렇소. 난 당신과 친해지고 싶소. 지금 천하영웅맹을 이끌고 있는 건 이제(二帝)이지 않소? 향후 우리의 세상이 왔을 때, 난 삼황(三皇)이 천하를 지배하길 기대하고 있소."

"삼황?"

"번천장황, 적인도황, 그리고 숭의검황!"

숭의검황이라면 백검룡 하후천강을 일컫는 것이리라.

다시 말해 이 자리의 둘과 하후천강이 함께 천하영웅맹과 천하의 미래를 이끌자는 뜻이다.

양교초의 담대하고도 놀라운 말에 구양무린은 멍청한 표정을 지었다.

"어떻소? 내 포부에 동참할 의향이 있소?"

양교초의 얼굴에 자신만만한 미소가 가득했다.

10장

대주는 괴물, 그 이상이다

"월궁루(月宮樓)에서 흉불악과 녹산귀가 빠져나왔습니다."

수하의 보고에 흑영대 사조장 지장명은 눈살을 찌푸렸다.

월궁루는 철혼의 명을 받고 찾아낸 사도천의 비밀지부다.

그곳에 오흉(五凶) 중 하나인 흉불악과 삼십육살(三十六殺)의 하나인 음살요화(淫殺妖花) 그리고 칠십이귀(七十二鬼) 중 하나인 녹산귀가 있다는 걸 어렵지 않게 알아냈다.

그런데 대주와 흑영대가 철혈무검과 철혈백룡대를 박살 냈다는 소식을 듣자마자 저들이 움직이고 있다는 것이다.

'대주님을 상대할 생각인가?'

예전이라면 모를까, 오흉과 칠십이귀 정도로는 흑수라의 상대가 되지 못한다.

그럼에도 저리 나선다는 건 뭔가 감추어둔 비장의 수가 있다는 뜻일 터.

'대체 뭘 준비한 거지? 잠깐, 흉불악과 녹산귀가 움직였다는 건 지금 월궁루에 요화 혼자 있다는 거잖아!'

지장명은 눈을 번쩍 떴다.

"도양!"

"예."

"지금 즉시 대주님께 달려가서 월궁루에 요화 혼자 있다고 전하고… 아니다. 잠깐 기다려 봐라. 생각 좀 더 해보자. 흉불악과 녹산귀는 월궁루를 빠져나왔고, 월궁루에는 요화가 있지. 그리고 그들은 지금쯤……."

잠깐 중얼거리던 지장명이 이윽고 생각을 정리한 듯 고개를 쳐들었다.

"대주님께 가서 영덕(英德)으로 오시라고 전해라. 연유를 물으시면 차도살인(借刀殺人)이라고 말씀드려. 대주님은 어떨지 모르지만, 일조장님은 바로 알아들으실 거다. 알았어?"

"알겠습니다."

"그럼 얼른 가봐."

도양이 바람처럼 사라졌다.

지장명은 다른 조원을 돌아봤다.

"난 삼조와 함께 영덕으로 갈 테니까, 넌 별도의 지시가 있을 때까지 월궁루의 움직임을 계속 감시하도록 해."

삼조는 잠입, 암습에 능한 기습조라 전투에 직접 참여하지 않고 양산 일대를 살피고 있는 사조를 돕고 있었다.

"알겠습니다."

고개를 끄덕이는 조원을 두고 지장명은 자리에서 일어나 조용히 사라졌다.

*　　　*　　　*

　　"광동을 벗어난 건 아니겠지?"

　　"그랬을 지도 모릅니다."

　　"안 돼. 놈만 잡으면 이 지긋지긋한 광동을 벗어날 수도 있는데… 어디로 갔을까?"

　　"그러게 요화 누님 가랑이 좀 어지간히 파시지……."

　　"그년이 안 놔주잖아."

　　"단주님도 일어나기 싫어했잖습니까."

　　"그거야… 너라면 일어날 수 있었겠냐?"

　　"어쨌거나 흑수라를 놓친다면 그건 단주님께서 꾸물거린 때문이니 절 탓하지 마십시오."

　　"싫은데."

　　"예?"

　　"놓치면 널 탓할 거니까. 빨랑 찾아."

　　"애들이 온 산을 헤집고 있을 겁니다. 그래도 놈들이 보이지 않는다면… 뭐냐? 찾았냐?"

　　녹산귀가 갑자기 소리쳤다.

　　흥불악은 녹산귀보다 먼저 시선을 돌리고 있었다.

　　우측 숲에서 푸른 인영이 튀어나와 곧장 대답했다.

　　"능선 너머에서 빠르게 움직이고 있답니다."

"방향은?"

"동남쪽입니다."

"애들을 모조리 그쪽으로 돌리고, 네가 직접 꼬리를 물어."

"존명!"

녹산귀의 명에 푸른 인영이 연기처럼 사라졌다.

녹산귀는 흉불악을 돌아봤다.

"가시죠?"

"그래. 가자."

흉불악과 녹산귀가 나란히 방향을 틀었다.

그리고 두 사람의 뒤로 이십여 명의 장한이 따랐는데, 그들 사이에 세 개의 시커먼 관이 보였다.

*　　　*　　　*

"많이 강해졌던데?"

영덕 인근의 야산에 도착하여 휴식을 취하고 있을 때 하여령이 유검평 옆에 앉으며 말을 걸어왔다.

한쪽 다리를 세우고 엉덩이를 깔고 앉아 있는 모습이 영락없는 사내다.

입에는 육포 조각이 물려 있고, 왼손은 옷 안으로 들어가 젖가슴 위쪽을 벅벅 긁고 있다.

후덥지근하기 시작한 여름 날씨라 소매를 뜯어내 버린 옷차림을 하고 있어 몇몇 응큼한 시선을 잡아끌었다.

유검평은 그들의 대표 주자인 탁일도와 소귀를 힐끔 바라보며 대꾸했다.

"여령 선배야 말로 정말 대단하던데요?"

입발림으로 하는 소리가 아니다.

솔직히 일대일로 겨뤄보면 질 것 같지가 않았다.

하여령뿐만이 아니라 흑영대 중 하위 일부는 충분히 이길 수 있을 것 같다.

그런데 적과 상대하는 모습을 보면 놀라움을 금치 못하겠다.

자신이 하나를 쓰러뜨릴 때 하여령은 둘을 쓰러뜨리고 세 번째 상대를 공격하고 있었다.

"니가 궁금해하는 거 알려줄까?"

"예?"

"넌 너무 느려."

"느리다고요? 아니, 그것보다 제가 그걸 궁금해한다는 걸 어찌 알았습니까?"

"넌 그게 더 궁금하냐?"

"아, 제가 느리다고요? 아니, 어떻게 알았습니까?"

유검평이 당황하여 두서없이 막 물었다.

하여령은 멀뚱히 바라보다 탁일도 쪽으로 시선을 던지며 대답해 주었다.

"조장이 알려주라고 했어."

"조장님이요?"

유검평은 탁일도를 돌아봤다.

아직도 하여령을 힐끔 거리며 군침을 흘리고 있다.

"조장의 관심은 딴 데 있는 것 같은데요?"

"그건 늘 있는 관심이고, 말이 나왔으니 말인데, 너도 이런 거 보면 아랫도리가 불끈 성질이 나고 그러냐?"

뭔 소린가 싶어 돌아보니 하여령이 앞섶을 벌려 젖가슴의 위쪽 골을 보여주고 있다.

깜짝 놀란 유검평은 얼른 고개를 돌렸다.

하나 하여령의 가슴골이 눈앞에 아른거려 아랫도리에 힘이 들어갔다.

"참 이상하단 말이야. 난 니네들 젖꼭지 봐도 아무렇지도 않던데……."

하여령이 모르겠다는 듯 중얼거렸다.

유검평은 하여령의 말이 귀에 들어오지 않았다. 이대로 있다간 불끈 고개를 처든 놈 때문에 자리에서 일어나지도 못할까 전전긍긍했다.

'빨리 생각을 돌려야 해.'

다급해진 유검평은 얼른 입을 열었다.

"제 칼은 그렇게 느린 편이 아닌데요? 붙어보면 알게 되겠지만, 여령 선배만큼……."

"멍청아, 느리다고 한 건 니 칼이 아니라 적을 쓰러뜨리는 방식을 말하는 거야. 우린 비무를 하는 게 아니니까, 가장 빠르고, 가장 간단한 방식으로 적을 쓰러뜨려야 해. 무공을 펼치는 게 아니라 상대를 죽여야 하는 거라고, 알아들었어?"

"아!"

하여령이 싸우는 모습을 떠올려 보니 무슨 말인지 알겠다.

자신은 하여령의 지적대로 적을 쓰러뜨린 게 아니라 무공을 펼치려고만 했다.

'하지만 적을 쓰러뜨리려고만 해서는 무공의 진전이 느려질 텐데?'

유검평의 염려는 당연한 것이다.

검법을 펼치지 않고서는 검법의 진전을 얻지 못한다.

답답하더라도 자꾸만 검법을 펼쳐야 익숙해지고, 수천, 수만 번의 휘두름이 있고서야 투로 속에 감추어진 검의를 끄집어낼 수 있다.

그렇게 끄집어낸 검의가 내 안에 바로 설 때, 그때에야 검을 완성했다고 말할 수 있다.

'어떻게 해야 하지?'

유검평의 고민이 커졌다.

자신의 아랫도리가 원래의 크기로 줄어들었다는 것도 느끼지 못했다.

"소귀를 연구해 보래."

"예?"

"조장이 하란 말은 다 해줬으니까, 잘해봐. 그나저나 또 싸움이 있으려나 본데?"

하여령의 시선이 멀리 철혼이 있는 곳으로 향하고 있었다.

삼조장 지장명이 도착하였고, 철혼과 잠시 이야기를 나누더니 이내 탁일도를 비롯한 조장들을 불러들였다.

유검평은 철혼에게 눈을 고정했다.

'철혈무검을 쓰러뜨릴 줄이야… 대주는 괴물, 그 이상이다.'

이제는 더 놀랄 것도 없을 것 같다.

이제(二帝)를 쓰러뜨려도 무덤덤하게 받아들일 것 같은 분위기다.

"대주님 내상은 다 나았답니까?"

"별거 아니었대. 무공만 강해진 게 아니라 몸도 단단해진 모양이야. 그나저나 대주님 젖꼭지를 보면 나도 이상한 기분이 들까?"

유검평이 흠칫 놀라 돌아봤다.

낯부끄러워 입에 담지 못할 말을 내뱉어놓고도 아무렇지도 않은 듯 싸울 준비를 하는 하여령.

머리를 풀었다가 다시 단단히 묶느라 두 팔을 들어 올리고 있었다. 그 때문에 소매가 뜯겨 나간 틈 사이로 젖가슴의 일부가 엿보였다.

유검평의 눈이 함지박만 하게 커졌다.

'크군! 윽, 뭔 생각을 하는 거냐!'

*   *   *

삼백여 무리가 먼지를 일으키며 빠른 속도로 질주하고 있었다.

선두에는 벽력도문의 깃발이 세차게 펄럭였다.

"반 시진 후면 어두워질 거네."

"반 시진 후면 흑수라와 흑영대가 사라지고 없을 지도 모릅니다."

뇌전도(雷電刀) 화지홍은 조카이자 벽력도문의 문주인 화군천의 말에 이동을 멈추자는 말을 할 수가 없었다.

'형님, 어찌 그리 가신 거요?'

벽력도패 화경홍의 죽음은 벽력도문을 충격으로 몰아넣었다.

사도천의 삼존도 아닌 흑수라 따위에게 죽었다는 사실을 믿을 수가 없었다.

있을 수 없는, 있어서도 안 되는 일이 벌어진 것이다.

정신을 차린 문주 화군천은 대노했다.

부친을 죽인 흑수라를 죽일 때까지 결코 돌아오지 않겠다며 벽력도문의 정예 삼백을 이끌고 나왔다.

뿐만 아니라 벽력도패의 무위를 흠모하여 일신을 의탁하고 있던 십대숙객도 모조리 대동하였다.

거기에 벽력도패 화경홍 다음으로 강하다고 알려진 뇌전도가 합류하니 벽력도문의 전 전력이 출도한 셈이나 마찬가지였다.

'정말 잘하는 짓인지 모르겠구나! 형님이 그렇게 가셨으니 복수를 함은 지당하나 문주는 물론이고 본 문의 내일을 이끌어 갈 무린이까지 나왔으니, 자칫 화를 당한다면 삼백 년 본 문의 역사가 허무하게 끝날 수도 있거늘……'

화지홍의 수심이 깊어지고 있었다.

그때 선발대에서 보낸 전령이 달려왔다.

"흑영대로 여겨지는 괴한들과 마주쳤는데, 놈들이 갑자기 습격을 하는 바람에 십여 명의 사상자가 발생했습니다."

"천 대주는 뭐라더냐? 그가 흑영대의 몇몇을 알고 있다고 하여 선발대를 이끌고 있지 않더냐!"

"워낙 순식간에 벌어진 일이라 확신할 수는 없으나 흑영대 일조장인 것 같다고 하였습니다."

"방향은?"

화군천이 다급히 물었다.

흑영대의 꼬리를 잡은 것 같으니 단숨에 쫓아가 흑수라의 목을 잘라 버리겠다는 의욕이 엿보였다.

화지홍은 불길함을 떨칠 수가 없었다.

"함정일 수도 있네."

"상관없습니다."

"문주!"

"어차피 흑영대 따위가 할 수 있는 건 아무것도 없습니다. 흑수라, 그놈! 그놈이 문제지만, 저와 숙부님, 그리고 숙객들이 있으니 놈의 목을 자르는 건 여반장입니다. 놈이 아버님을 해할 수 있었던 건 강전입니다. 그 짧은 강전을 쏘아 보낸 발사체가 뭔지는 모르지만, 그것만 조심하면 됩니다. 그러니 괜한 입씨름으로 시간을 허비하지 않도록 해주십시오. 방향이 어디더냐?"

마지막 말은 전령을 향한 것이었다.

"놈들은 영덕으로 도주했습니다."

"사람들 속으로 숨어 꼬리를 감추겠다는 심산이군. 흥! 놓칠까 보냐! 들어라! 이대로 영덕으로 돌진한다."

"문주! 안 되네! 사람들이 다칠 수도 있네!"

삼백여 인마가 거리를 질주한다고 생각해 보라.

갑작스레 들이닥친 인마에 피하지 못한 사람들이 끔찍한 일을 당하고 말리라.

"놈을 잡을 수만 있다면 상관없습니다."

"문주!"

화군천의 얼굴에 광기에 가까운 살기가 가득했다.

화지홍이 불러도 요지부동이었다. 더 이상의 대화를 거부하 겠다는 듯 고개조차 돌려 버렸다.

화지홍은 전령을 향해 외쳤다.

"넌 앞서 달려가 사람들이 피할 수 있도록 경고를 하도록 하 여라! 어서!"

화지홍의 닦달에 전령이 미친 듯이 채찍질을 가하여 빠른 속 도로 튀어 나갔다.

*   *   *

"놓친 거 아냐?"

흥불악이 물었다.

며칠 째 산중을 배회하다 보니 짜증이 가득했다.

이럴 때의 흥불악은 건들지 않는 게 좋다. 평소에는 푸짐한 살집만큼이나 넉넉하게 넘어가주지만, 지금처럼 짜증이 났을 때는 조금만 건드려도 성질이 폭발하고 만다. 그리고 한 번 폭 발하면 피를 보아야만 화가 가라앉으니 살성이 따로 없을 정도 다.

"아직 놓친 게 아닙니다. 아이들이 발바닥에 땀이 나도록 뛰 고 있으니 다시 꼬리를 붙잡을 수 있을 겁니다."

녹산귀가 흥불악의 눈치를 보며 정중히 대답했다.

기실 흑영대를 놓치더라도 누구의 잘잘못을 따질 계제가 아니었다.

흑영대의 이동 속도가 빠른 것도 있었지만, 수하들이 세 개의 관을 들고 이동하느라 흑영대의 속도를 따라잡지 못했다.

"놓치면 모조리 죽여 버릴 테니까. 목숨을 걸라고 해."

"알겠습니다."

"그건 그렇고 가까운 마을이라도 찾아서 계집 좀 잡아와라."

"또요?"

"이런 씹어 먹을 새끼가, 내 몸은 계집 없이는 하루도 못 산다는 걸 뻔히 알면서 그딴 소리를 지껄이냐?"

"그러게 어제 그년을 죽이지 말라고 했잖습니까."

"녹산귀!"

"지금 가고 있습니다."

흉불악이 다시 짜증을 내비치자 녹산귀가 서둘러 걸음을 놀리는 시늉을 하며 저만큼 달려갔다.

하나 멀리 가지 않아 걸음을 멈추었다.

"얼른 잡아오지 않고……!"

막 짜증을 폭발시키려던 흉불악.

하나 녹산귀가 손을 들어 조용히 하라는 뜻을 전해와 급히 입을 다물었다.

바로 그때였다.

고요하게 가라앉아 있는 숲의 한쪽을 맹렬히 부수며 벼락같이 날아드는 흑의 괴한이 있었다.

녹산귀가 기겁하여 빙글 신형을 돌렸다.

쾅!

짧은 굉음이 터지며 녹산귀가 한쪽으로 날아갔고, 그와 동시의 순간 비대한 흉불악의 신형이 괴한을 덮쳤다.

촤아!

살집을 출렁거리며 두 팔을 뻗자 흑빛의 기류가 매섭게 발출했다.

흉불악의 성명절기인 명옥흑살장(冥獄黑殺掌)이다.

사도천 오대장공에 꼽힐 정도로 무서운 살공이었다.

그러나 '쿠— 앙!' 하는 굉음이 터지더니 흉불악이 전신의 살집을 요동치듯 크게 출렁이며 수걸음을 휘청거리며 물러났다.

"누구냐?"

흉불악이 살기를 터뜨리며 물었다.

기다란 대도를 비껴들고 있는 흑의 괴한이 천천히 돌아섰다.

시커먼 철립 아래로 흉측한 상흔이 보였다.

"흑수라?"

녹산귀가 놀라 부르짖었다.

좀 전의 격돌로 상당한 부상을 입었지만, 목숨이 왔다 갔다 할 정도로 심각하지는 않았다.

"사도천의 졸개들!"

철혼이 녹산귀와 흉불악을 번갈아 보더니 차갑게 말했다.

그에 흉불악의 얼굴이 확 일그러졌다.

그러나 폭발하지는 않았다.

그도 아는 것이다.

흑수라의 위험함을.

"흥! 집에서 쫓겨난 주제에 잘도 나불거리는구나!"

콰앙!

흥불악이 이죽거리자 철혼이 대도를 휘둘렀다.

흥불악이 피하자 애꿎은 바위가 굉음을 터뜨리며 크게 부서졌다.

"내 걸음이 바빠 더 이상 시간을 허비할 수 없음을 천행으로 여기고 더 이상 따라오지 마라."

그 말을 끝으로 철혼이 신형을 휙 돌리더니 한걸음에 사라졌다.

"봤냐?"

흥불악이 녹산귀를 향해 물었다.

녹산귀는 대답대신 한걸음에 달려가 철혼이 서 있던 자리를 살폈다.

두 눈에 불을 켜고 살피던 녹산귀.

이윽고 우측의 잡목에서 원하던 것을 찾아냈다.

"철혈무검과의 싸움에서 내상을 입은 게 확실합니다."

잡목에 묻어 있는 피를 바라보며 녹산귀가 확신에 찬 어조로 말했다.

흥불악이 다가왔다.

"역시 잘못 보지 않았군."

좀 전에 흑수라가 돌아설 때 그의 입가로 핏물이 튀어나오는 것을 보았다.

잘못 보았나 싶어 녹산귀에게 물었는데, 녹산귀가 확실한 증거를 찾아냈다.

"생각보다 쉽겠는데요?"

"으흐흐흐! 부상 입은 맹수를 잡는 데는 저것들이 제격이지."

수하들이 들고 있는 세 개의 관을 돌아보며 흉불악이 살소를 흘렸다.

그러다 갑가기 꽥 소리를 질렀다.

"뭐하냐? 어서 쫓지 않고!"

녹산귀가 부랴부랴 신형을 날렸다.

$$*\qquad*\qquad*$$

벽력도문의 무리는 빠른 속도로 달렸다.

앞쪽에 뭐가 있든 단숨에 쓸어버리겠다는 듯 달리는 말의 속도를 조금도 줄이지 않았다.

그러나 다행하게도 그들의 말발굽에 차이는 그 어떤 장애물도 존재하지 않았다.

거리를 오고 가는 행인이 단 한 사람도 보이지 않은 것이다.

의외의 상황.

"……!"

선두에서 말달리던 화군천이 뭔가 이상하다는 생각을 하며 눈앞의 골목을 꺾자 널찍한 대로가 쫙 펼쳐졌다.

그리고 그들은 그곳에 있었다.

흑영대로 여겨지는 괴무리를 앞서 쫓았던 선발대.

그들이 대로 한가운데에 참혹한 광경으로 널브러져 있었다.

그리고 흉수들.

이삼십에 불과한 자들이 시체들 사이에 서 있었다.

"혹수라!"

천둥 같은 일갈을 터뜨린 화군천은 칼을 뽑아 하늘을 찌를 듯 치켜들었다.

그의 분노가 살기를 폭발시키며 대로를 뒤흔들었다.

이십 장, 십팔 장, 십오 장… 그리고 십여 장.

화군천이 말 등을 박차고 날아올랐다.

단숨에 십여 장을 축약하며 치켜든 칼을 무섭게 휘둘렀다.

"염병할, 뭐여!"

돼지처럼 뚱뚱한 놈이 뭐라고 소리치지만, 귀에 들어오지 않는다.

그대로 놈을 두 쪽으로 갈라 버리고, 나머지 놈들도 모조리 베어버리겠다.

벽력뇌신도법의 절초, 뇌룡낙천(雷龍落天)의 가공할 도격이 허공에서 폭발했다.

"뭐냐고!"

짜증이 폭발한 고함과 함께 흑빛의 기류가 튀어나와 뇌룡낙천의 강격을 때렸다.

콰— 앙!

굉렬한 충격이 폭발했다.

땅에 두 발을 내디딘 화군천의 얼굴이 굳었다.

하나 그건 잠깐에 불과했다. 이내 분노를 폭발시키며 섬전처럼 튀어 나가 가경할 일도를 수평으로 그었다.

다시 한 번 흑빛의 기류가 튀어나왔고, 아찔한 충격파가 두 사람의 사이를 더욱 벌려놓았다.

그러는 사이 화지홍과 몇몇이 신형을 날려 나머지 이십여 명을 덮쳤다.

"크악!"

"커억!"

"이런 개새끼들! 죽어라!"

비쩍 마른 체형의 사내가 욕설을 내뱉으며 양손을 미친 듯이 뻗어내자 녹빛을 반짝거리는 암기가 무수히 쏟아졌다.

"조심하시오!"

화지홍이 소리치며 칼을 휘둘러 막았고, 다른 사람들도 함부로 설치지 못하고 암기를 막았다.

"이런 개새끼들을 봤나? 녹산귀! 그거 열어버려!"

흉불악이 분노하여 소리쳤다.

흑수라를 뒤쫓았다가 대로 한가운데에 가득한 시체들을 발견했고, 죽은 자들의 신원을 파악하고자 잠깐 살폈을 뿐인데 다짜고짜 공격을 받았다.

이젠 상대가 누구든 상관없다.

받은 건 돌려주는 게 사도천의 철칙이 아니던가.

아니, 그게 아니더라도 이 폭발해 버린 분노를 어찌 참을 것인가.

"단주! 이 새끼들 벽력도문입니다!"

녹산귀가 마주 소리쳤다.

놈들의 정체를 말한 건, 흑수라와 흑영대가 아니니 화를 가라앉히고 말로 풀어보자는 것이다.

하지만 소용없었다.

이미 흉성이 폭발해 버린 흉불악에게 냉철한 이성을 기대하기란 요원한 일이었다.

"시끄러! 모조리 찢어 죽여 버려!"

길길이 날뛰는 흉불악.

만류하고 말고 할 단계를 넘어서 버렸다.

녹산귀는 도리 없이 폼에서 피리를 꺼내 불었다.

삐— 이이이!

몹시 불길한 음파가 허공을 찢어발기는 순간.

쾅! 쾅! 쾅!

짤막한 세 번의 굉음.

미친 듯이 달려드는 흉불악을 상대하고 있는 화군천을 제외한 모두의 시선이 한 곳으로 향했다.

세 개의 관에서 뚜껑이 폭발하듯 날아가는 광경이 모두의 눈을 파고들었다.

"저건?"

화지홍이 놀라 눈을 크게 뜬 순간, 세 개의 관에서 감빛의 복장을 한 세 구의 시체가 벌떡 몸을 일으켰다.

"강시?"

"맞네. 저건 고루강시(骷髏殭屍)네."

화지홍이 해연히 놀라 중얼거렸다.

해골처럼 깡마른 몰골과 두 눈에 이글거리는 포악한 살기가 고루강시임을 알려주었다.

고루강시!

강시문(殭屍門)의 대표적인 인간병기.

죽은 자의 몸에 대법을 펼쳐 움직이는 일반적인 강시와는 달리 고루강시는 살아 있는 자의 몸으로 만든다.

심장이 뛰고 있고, 뇌가 활동 중이다.

그래서 생강시다.

생강시이기 때문에 일반적인 강시와는 달리 껑충껑충 뛰지 않는다.

그러나 고루강시가 무서운 건 그런 움직임 때문이 아니다.

화지홍이 놀랄 정도로 경계하는 건 고루강시의 대부분이 권장지각의 고수로 만들기 때문이다.

강철 같은 몸으로 권장지각술을 펼치기에 상대하기가 여간 까다롭지가 않다.

도검이 불침할 정도로 강철 같은 몸뚱이라 두들기고 두들기다 먼저 지치고 만다.

행여나 어디 한 곳이라도 붙잡혔다간 그것으로 끝이니 방심은 특히 금물이다.

하나 고루강시의 무서움은 그게 다가 아니다.

생강시이기 때문에 필연적으로 따르는 게 있다.

바로 흡혈이다.

흉포한 짐승처럼 산 사람의 생살을 뜯어 먹고, 피를 마신다.

그 흉악한 광경을 목도하고 나면 어지간한 강심장이 아니라면 싸울 엄두조차 나지 않는다.

"사도천의 흉인들입니다. 살려 보내서는 안 됩니다."

십대숙객 중의 하나인 철각신개(鐵脚神丐)가 소리쳤다.

그는 공력을 잔뜩 끌어올리며 고루강시를 향해 다가갔다.

그때 다시 한 번 피리 소리가 울렸고, 관을 뛰쳐나온 고루강시들이 철각신개 등을 향해 덮쳐갔다.

*　　*　　*

멀지 않은 전각의 이 층 창가에서 대로를 지켜보는 이들이 있었다.

한 명의 중년인과 두 명의 청년으로 천하영웅맹 밀첩부(密諜府) 부부주와 그의 수하들이었다.

형식상 밀첩부주의 명을 받아 흑수라의 무위를 파악하고자 잠행 중이었지만, 실상은 소면검 양교초의 입김이 닿아 있었다.

양교초는 철혼이 벽력도패를 죽였다는 보고를 받은 후 왠지 모를 경각심이 들어 밀첩부주에게 철혼의 무공에 대해 소상이 파악해 달라는 요청을 하였다.

밀첩부주는 이를 흔쾌히 받아들여 부부주를 벽력도문이 있는 진해로 급파했다.

부부주는 진해에서 벽력도문과 흑수라의 충돌을 기다리는 와중에 철혈문의 참사 소식과 흑영대의 출현 소식을 보고받자마자 벽력도문보다 한발 앞서 철혈문으로 달려갔다.

그 와중 이곳 영덕에서 걸음을 멈추었다.

사도천의 무리로 여겨지는 자들과 흑영대로 짐작되는 무리가 이곳 영덕을 향하고 있는 데다 벽력도문 역시 영덕으로 향하고 있으니 어디에서 일대격전이 벌어질지는 명약관화한 일이었고,

부부주는 그저 싸움을 지켜보기만 하면 되었다.

다만 한 가지 납득할 수 없는 의문이 있다면 철혈무검의 행방이었다.

시간상으로 보면 흑수라와 철혈무검이 이미 부딪쳤어야 했다.

그런데 흑영대가 이곳에서 싸움을 부추기고 있다.

사도천과 벽력도문의 싸움은 우연히 벌어진 게 아니다. 흑영대가 그렇게 이끌어놓은 것이다.

이곳 어딘가에 흑영대가 있음을 의미한다.

그렇다면 과연 흑수라가 나타날까?

철혈무검은?

흑수라가 이미 철혈무검을 죽였을까? 십주 중 일인을 죽인 것도 모자라 이곳에 나타나 벽력도문의 무리까지 죽일 수 있단 말인가?

부부주의 머릿속에서 끊이지 않는 의문과 혼란이다.

'두고 보면 알게 되겠지.'

부부주는 속단을 삼가고 우선 이곳의 상황을 끝까지 지켜보기로 마음먹었다.

"부부주님, 건너편 전각을 한 번 보십시오."

수하의 말에 부부주는 힐끔 눈길을 준 후 이내 대로를 향해 시선을 돌렸다.

"늦었다. 저들은 반각 전부터 저 자리에 있었다."

"죄송합니다. 고루강시가 등장한 것에 놀란 나머지 주변을 살피지 못했습니다."

"첩보활동을 할 때는 그 어떤 상황에서도 흔들리지 말아야 한다. 냉철한 눈으로 주변을 바라보아야 해."

"알겠습니다."

"저들의 정체는 알아보겠느냐?"

"사도천이 아닐지……."

수하가 자신 없는 투로 말했다.

부부주는 미간을 찌푸렸다.

"암천각의 암행귀(暗行鬼)들이다. 오른쪽의 단구 늙은이가 총귀다."

암행귀는 천하영웅맹의 밀첩부와 비슷한 활동을 하는 암천각 소속이지만, 암행귀들을 실질적으로 이끄는 이는 암천각주가 아니라 총귀라고 알려져 있다.

밀첩부 소속의 첩영(諜影)이 오 척 단구인 총귀를 한눈에 알아보지 못한다는 건 첩보 능력과 자격을 의심받을 만한 심각한 일이다.

부부주가 눈살을 찌푸린 이유다.

그만큼 총귀의 존재는 중요했다.

그러나 부부주는 눈길 한번 준 게 다였다.

지금 중요한 건 흑수라의 무위였지, 총귀의 존재 따위가 아니었기 때문이다.

"그나저나 어디에 있는 것이냐? 저리 상잔하게 만들었으니, 마지막 처리를 하기 위해 나타나야 할 것이 아니냐? 어서 모습을 드러내라!"

부부주의 날카로운 눈이 주변 전각들을 예리하게 훑었다.

＊　　　＊　　　＊

쾅!

화지홍의 칼이 고루강시의 머리통을 직격했지만, 머리통은 쪼개지지 않았다. 대신 고루강시의 흉성만 폭발하고 말았다.

번개같이 뻗어 온 고루강시의 손이 화지홍의 팔뚝을 움켜잡으려고 했다.

'조공(爪功)?'

생전의 무공이 얼마나 강했는지가 가장 중요하지만, 무공 경지를 논외로 치면 권공이나 장공 등보다 조공을 펼치는 고루강시를 상대하는 게 가장 까다롭다.

"크악!"

가장 먼저 접전을 펼치던 철각신개가 비명을 질렀다.

사람들이 깜짝 놀라 돌아보니 철각이라고 소문 난 철각신개의 다리 하나가 고루강시에 의해 통째로 뜯겨 버렸다.

고루강시는 철각신개가 보는 앞에서 다리를 들고 으적으적 씹어 먹었다.

"크아악! 내 다리 내놔라!"

이성을 잃어버린 철각신개가 한쪽 다리로 뛰어올라 벼락같이 내찼다.

그러나 고루강시의 생전 무공이 상당했던 모양인지 뜯어먹던 다리를 휘둘러 철각신개의 균형을 무너뜨린 후 와락 달려들어 두 팔을 덥석 움켜쥐고는 머리를 처박아 철각신개의 심장이 있는 쪽을 마구 물어뜯기 시작했다.

"끄악!"

끔찍한 비명이 철각신개의 입에서 튀어나왔다.

다른 숙객 중의 하나인 낙산초자(洛山樵子)가 수중의 철부로 찍어보지만, 고루강시의 등짝은 철판보다 단단하여 흠집조차 나지 않았다.

"눈이오! 눈을 상하게 하여 피아를 구분하지 못하도록 만들어야 하오!"

화지홍이 소리치며 자신이 상대하는 고루강시의 안면을 향해 파상적으로 칼을 휘둘러댔다.

그제야 고루강시가 주춤 물러났다.

그 광경을 목격한 낙산초자는 옳다구나 하며 철각신개의 가슴에 얼굴을 묻은 채 기어코 심장을 씹어 먹고 있는 고루강시의 얼굴을 향해 수중의 도끼를 휘둘렀다.

퍽!

육중한 충격.

하나 도끼가 고루강시의 얼굴을 찍어버리지 못했다.

날카로운 도끼날이 눈이 있는 부근을 찍어버리기 전에 고루강시의 손에 붙잡히고 말았다.

"……!"

낙산초자가 당황했다.

순간 천근의 힘이 낙산초자의 도끼를 확 잡아당겼다.

무인이 병기를 손에서 놓친다는 건 수치다.

낙산초자 역시 수치를 아는 무인이다. 그래서 몸이 끌려가는 상황에서도 손에서 도끼를 놓치지 않았다.

하지만 그것이 그의 운명을 결정지어 버렸다.

콰악!

고루강시의 손이 낙산초자의 팔을 움켜잡았다.

낙산초자가 황급히 떨쳐내려 애를 써보지만, 소용없었다.

손톱이 살을 파고들어 단단히 움켜잡아 살과 근육이 찢어졌다.

"놔라! 놔! 놓으란 말이다!"

놀란 낙산초자가 자유로운 왼손으로 고루강시의 얼굴을 마구 후려쳤다.

하나 그마저도 아무런 소용이 없었고, 고루강시가 입을 쩍 벌렸다.

핏물이 시뻘겋게 묻어 있는 이가 낙산초자의 두 눈에 크게 확대되어 보였다.

"누가 씹어 먹힐 것 같으냐!"

낙산초자는 광기를 터뜨리며 왼 주먹으로 고루강시의 입을 향해 직선으로 뻗었다.

이를 부숴 버릴 생각이었다.

낙산초자의 주먹이 이를 박살 내버리려는 순간이었다.

고루강시의 입이 비정상적으로 크게 쩍 벌려졌고, 낙산초자의 주먹은 그 안으로 목구멍까지 깊이 들어가 버렸다.

"…헛!"

기겁한 낙산초자가 얼른 손을 빼냈다.

순간 무지막지한 고통이 그의 손목을 통해 전달되었다.

"으아— 악?"

피를 철철 흘리고 있는 팔에 손이 보이지 않았다.

고루강시를 쳐다보니 뭔가를 와그작 씹고 있다.

낙산초자의 눈이 홱 돌아갔다.

정신적인 공황상태다.

자신의 신체를 씹고 있는 광경.

당해보지 않은 사람은 상상도 못한다. 그것이 얼마나 충격적이고 두려운 것인지.

이 같은 상황은 다른 곳에서도 벌어지고 있었다.

고루강시는 세 구였다.

화지홍만이 밀어붙이고 있었고, 다른 쪽에서는 숫자의 우위로도 어쩌지 못한 채 벌써 세 사람이 당하고 있었다.

"어리석은 놈들! 네놈들이 말하는 경지로 보자면 여의경(如意境) 정도는 되어야 고루강시를 상대할 수 있다는 것도 모르고 있느냐?"

녹산귀가 이죽거렸다.

그는 천천히 고개를 돌려 흉불악과 화군천의 싸움을 주시했다.

결국엔 그쪽의 싸움이 승부의 향방을 결정지을 터였다.

"네놈들은 흑영대가 아니구나!"

화군악이 소리쳤다.

머릿속에 온통 흑수라와 흑영대만 생각하고 있던 화군악은 생각지도 못한 사도천의 등장에 크게 분노했다.

좌아!

흥불악이 뱃살을 출렁거리며 두 팔을 뻗자 흑빛의 기류가 무섭게 휘몰아쳤다.

흥불악의 성명절기인 명옥흑살장(冥獄黑殺掌)이었다.

화군악은 명옥흑살장의 위험함을 이미 충분히 견식해 보았기에 감히 태만하지 못하고 벽력뇌신도법의 절초 뇌신섬관파(雷神閃貫破)를 펼쳐 명옥흑살장의 중심을 가르고 흥불악의 가슴에 구멍을 뚫어버리고자 시도했다.

좌아아아아아악!

비단폭 갈라지는 듯한 폭음이 터지며 명옥흑살장을 갈랐다.

그리고 화군천의 노림수대로 흥불악의 가슴을 강타했다.

그러나 그 결과는 화군천의 기대와는 달랐다.

'퍽!' 소리와 함께 흥불악의 신형이 주르륵 밀려났다. 상의 자락이 갈라져 나풀거릴 뿐 출렁거리는 살집에는 상처하나 나지 않았다.

"외가기공을 익혔구나!"

"크흐흐! 불괴미륵신공(不壞彌勒神功)이라는 것이다."

인상을 찌푸리는 화군천을 향해 흥불악이 자신의 뱃살을 쓰다듬으며 득의양양했다.

'이놈, 흑수라!'

난데없이 사도천의 무리와 맞닥뜨린 게 우연일까?

그럴 리가 없다.

흑수라와 흑영대의 소행이 아니면 누구겠는가.

놈을 죽이기는커녕 놈에게 놀아난 꼴이니 미칠 듯이 화가 났다.

"흑수라!"

분노가 폭발한 화군천은 천둥같은 고함을 지르며 오른발을 척 내밀었다.

그러자 땅이 움푹 꺼지며 흙먼지가 확 일어났다.

이어 화군천이 두 무릎을 살짝 굽혔다가 펴자 땅이 움푹 주저 앉을 정도로 폭발적인 도약력이 그의 신형을 흉불악을 향해 단 숨에 날려주었다.

한껏 치켜든 칼에는 절대에 가까운 살기가 무섭게 소용돌이 쳤다. 비대한 흉불악의 몸뚱이를 두 쪽으로 쪼개 버리겠다는 기 세가 역력했다.

"흑수라가 아니라니까!"

흉불악이 마주 달려들었다.

그의 성명절기인 명옥흑살장이 거세게 소용돌이치며 일거에 쏟아져나갔다.

'벽력도문의 문주라면 흑수라 못지않은 먹잇감이다. 으흐흐! 네놈을 단숨에 피떡으로 만들어 버리겠다.'

명옥흑살장이 놈의 공세를 늦춘 찰나 온몸으로 부딪쳐 버릴 생각이었다.

전신에는 불괴미륵신공을 두르고 있으니 자신이 다칠 일은 없다.

흉불악의 입가에 난폭한 흉소가 가득 떠올랐다.

콰— 앙!

정면으로 격돌한 충격파가 일거에 폭발했다.

흉불악은 두 다리에 힘을 주고 격돌의 중심을 향해 신형을 날렸다.

순간 푸른빛을 잔뜩 머금은 칼이 충격파를 가르고 나와 흉불악의 이마를 강타했다.

'뭐, 뭐냐?'

당황한 흉불악의 신형이 수장을 날아갔다.

흙먼지를 일으키며 땅에 처박힌 흉불악, 비대한 몸을 하고도 벌떡 일어났다.

"크흐흐! 이 정도로는……?'

돌연 말을 멈추는 흉불악.

그의 얼굴이 있는 대로 일그러지는가 싶더니 미간에서 시작하여 가슴까지 쩍 갈라졌다.

머리와 상반신의 일부만 두 쪽으로 갈라진 채 비대한 몸이 이리 뒤뚱, 저리 뒤뚱 하더니 이내 앞으로 고꾸라졌다.

내장과 핏물이 쏟아져 나와 지독한 피비린내를 사방으로 풍겼다.

"흑수라! 어디에 있는 것이냐?'

화군천이 사방을 둘러보며 천둥 같은 고함을 질렀다.

바로 그 순간 벽력도문의 고수들과 고루강시들이 살벌한 격전을 벌이고 있는 반대편에서 녹산귀가 신형을 날려 도주를 감행하는 광경이 보였다.

화군천이 놈을 추격하려고 반사적으로 몸을 움찔한 찰나의 순간.

비조처럼 날아온 시커먼 인영이 녹산귀를 덮쳤고, 이렇다 할 반항조차 하지 못한 녹산귀의 몸이 좌우로 양단되어 내장과 핏물을 허공에서 왈칵 쏟으며 떨어져 내렸다.

두 눈으로 보기 힘든 잔혹한 광경.

화군천은 눈에 힘을 주고 녹산귀를 양단해 버린 시커먼 인영을 바라봤다.

머리에는 칠흑 같은 철립을 썼고, 진한 흑빛의 장포와 흑의 무복 그리고 수중에는 길쭉한 대도를 비껴들고 있었다.

턱을 치켜들고 고개를 들자 철립 아래로 흉측한 상흔이 보였다.

"흑수라!"

화군천이 이를 갈아붙였다.

그의 전신에서 분노의 불길이 폭풍처럼 거세게 일렁였다.

이때 그리 멀지 않은 전각의 이 층 창가에서 밀첩부의 부부주가 자리를 박차고 일어났다.

"드디어 나타나셨군!"

뿐만 아니라 그 반대편의 전각에서는 암천각의 총귀가 창가로 고개를 내밀고 음산한 눈빛을 빛냈다.

"과연 흑수라가 벽력도패를 죽일 정도로 강한지 볼까?"

『패도무혼』 5권에 계속…

FANTASTIC ORIENTAL HEROES

용훈 新무협 판타지 소설

무림공적, 천살마군 염세악!
검신 한호에게 잡혀 화산에 갇힌 지 백 년.

와신상담… 절치부심… 복수무한…

세월은 이 모든 것을 잊게 하고
세상마저 그를 잊게 만들었다.
하지만.

"허면 어르신 함자가 어찌 되시는지……."
우연한 만남, 자신도 모르게 튀어나온 원수의 이름.
"그게… 한, 한호일세."

허무함의 끝에서 예기치 않게 꼬인 행로.
화산파 안[in]의 절세마인, 염세악의 선택!

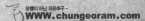

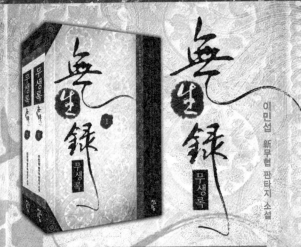

FUSION FANTASTIC STORY
천성민 장편 소설

짐승의 규칙

『무결도왕』 『다크로드 블리츠』
천성민 작가의 신간!

짐승의 규칙

살아야만 했다.
나를 위해 희생당한 부모님을 위해.
복수를 위해.

죽여야만 했다.
내가 살기 위해 타인의 목숨을.

그렇게……
나는 짐승이 되었다.

Book Publishing CHUNGEORAM

유행이 아닌 자유추구 -
WWW. chungeoram.com

이충민 판타지 장편 소설

Mighty Warrior
영웅병사

복수를 다짐한 소년 병사.
붉은 제국을 향해 깃발을 세운다.

『영웅병사』

평온한 유년 시절을 보내던 비첼.
어느 날, 붉은 제국의 깃발 아래에 사랑하는 가족을 빼앗기고 만다.

"도끼… 도끼라면 다룰 줄 압니다."

병사가 되고자 참가한 전쟁에서 소년은 점점 영웅이 되어 간다!

쓰러져가는 아버지의 등을 억하며,
아직 어린 소년으로서 도끼를 들고 붉은 제국과 싸우 위해 일어선다.

제국과의 전쟁에 스스로 뛰어든 소년,
병사 비첼 악셴트
이것이 영웅 탄생의 시작이다!

Book Publishing CHUNGEORAM

위대한 이야기 지음추구
www.chungeoram.com

도검 新무협 판타지 소설

新刀無魂 패도무혼

최대 장르문학 사이트 문피아,
최단기간 100만 조회수 돌파!
전체 선호작 베스트! 골든베스트 1위!
2013년 하반기 최고의 기대작!

「패도무혼」

정파의 하늘 천하영웅맹의 그림자 흑영대.
그곳에 흑영대 최강의 사내
흑수라 철혼이 있다.

"저들은 뭔가 대단한 착각을 하고 있다.
…개떼는 목숨을 걸어도 개떼일 뿐……"

난 맹수들을 잡아먹는 포식자, 흑수라다.

눈가의 붉은 상흔이 꿈틀거릴 때,
피와 목숨을 아귀처럼 씹어 먹는 괴물
흑수라가 강림한다!

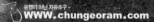